中公文庫

新装版

お腹召しませ

浅田次郎

中央公論新社

目次

お腹召しませ

お腹召しませ

病み上がりの祖父と二人きりで、あばら家に暮らした記憶がある。

私はすでに中学生であったから、記憶があるという言い方は不適切かもしれぬが、つまりそれくらい、抹消してしまいたい嫌な記憶なのであろう。その数ヶ月は夢のように朧《おぼ》ろである。

家産が破れて一家は離散し、行き場を失っていた私を、結核病院から出てきた祖父が引き取った。よほど無理な退院であったのか、台所で煮炊きをするときのほかの祖父は、床に就いているか、痩《や》せた背を丸めて火鉢を抱えていた。

その廃屋同然の家は私の生家であった。父が破産したあとに、なぜ住まうことができたのかはいまだに謎である。ともかく足掛け七年もの間、親類の家などを転々とさせられたあげく、私と祖父だけが生家に帰ったのであった。正しくは流転《るてん》していた私と療養をおえた祖父が、元の家に戻ったというべきであろうか。父母の所在は知らなかった。

東京オリンピックを中に挟んでの七年である。町は様変わりしており、人々の暮らしや身なりも、まるで皮を脱いだように別物となっていた。そうした東京の町なかに、いかにもわけありの旧弊《きゅうへい》といった感じの屋敷が、破《や》れ傾いて建っていた。電気製品はおろか、家具らしいものすらなかった。

幼いころの躾《しつ》けのたまもので、落魄《らくはく》しても妙に行儀だけよかった私は、祖父の枕元に膝《ひざ》を揃えて朝の挨拶をした。家から一歩出ると、ようやく夢から覚めた気分になった。そして学校をおえて家に戻ると、たちまち自分が誰であるかもわからなくなってしまうような、暗鬱《あんうつ》な気持ちになった。

祖父については、明治三十年の酉の生まれというほかにほとんど知ることはない。江戸前の軽口を叩くわりには、肝心な話を何もせぬ人であった。もっとも事情が事情であるから、いささかでも現実味を帯びた話は、私たちの禁忌であったのだろう。祖父は未来と過去ばかりを語り、今というものをけっして口にしなかった。

そうは言っても、七十に近い病み上がりの祖父に語るべき未来はない。どうしたわけか祖父は、私が将来医者になるものだと勝手に決めつけており、長い療養生活で見てきた医学の有様や医師の尊厳を、あまり説得力のない江戸弁で精いっぱい教育的に語った。私自身は医者になりたいと思ったことなど一度もないので、むろんそれは祖父の妄想であった。

私の家には、父や祖父の話は膝を揃えて黙って聞かねばならぬという武家の気風があった。だから私は、祖父の誤解を訂正することができなかった。いったいに私はいまだもって、他人の誤解をそうと知りつつなおざりにする悪癖がある。それはたぶん、幼時の習慣に因《ちな》むのであろう。

祖父の語る未来に辟易《へきえき》する一方、過去の話は面白く聞いた。これもまた、自分の人生や家族については何ひとつ語らない。つまり、どうでもいい昔話である。

テレビもラジオもない夜は長い。祖父は手作りの夕飯を私に食わせ、さっさと食器の洗い上げをおえると、子供の舌にはたいそうまずいお抹茶を一服、それが最高の贅《ぜい》沢《たく》だとばかりにふるまった。

着物の襟《えり》を斉《ととの》えて茶を点《た》てる仕草はなかなか堂に入っていたが、しまいに必ず茶筅《ちゃせん》をずるりとなめる。これはまさか作法ではあるまいと、子供心にも呆れたものだ。

そして、私を火鉢の向こう前に座らせる。長い祖父の話が始まる。興が乗って話の終わらぬときは、二服目の茶をひどくぞんざいに点てた。

昔話の多くは侍たちの物語であった。おそらく祖父が幼いころ、その父や祖父からでも聞いた話であろう。いや、話はとめどがなく、しかも実に面白かったから、その種の語り部たる古老が身近にいたのかもしれない。祖父の生年を考えれば、幼い日に侍の実見譚《じっけんたん》を聞くのは容易である。祖父の生まれるわずか三十年前に、日本はようやく明治維新を迎えたのであった。

祖父は話しながら、しばしば力のない空咳をした。しかし居ずまいの良いせいで、胸の病を感じさせなかった。だから私も伝染を危惧したことはなかった。

そんなときふと考えた。わが家が没落したのは、これが初めてではなかろう。それほど遠からぬ昔に、同じ憂き目を見た子供らがいたのではなかろうか。

「昔のお侍《さむれえ》てえのは、それほど潔いもんじゃあなかった。そこいらを映画だの本だので勘ちげえしちまったから、世界中を敵に回した戦争なんぞして、あげくの果てはこのざまだ」

と、祖父は戦後の焼け跡で時間を止めてしまったような言い方をした。それは行方知れずの私の父母への、嫌味のようにも聞こえた。

今を語ってはならず、語るべき未来もないとすれば、祖父が口にできる話はそれしかなかったのかもしれぬ。

空咳がおさまると、祖父は潰れた胸から息を絞り出すようにして、火鉢の熾《おき》を吹いた。

＊

「いやはや、四十二の大厄も御大師様の功徳《くどく》にて息災に過ぎましたるところ、よもや三年を経ての後厄というわけでもござりますまい。ましてやその間、御留守居役《おるすいやく》様のお力添えをもちまして婿取りの儀も相済み、たちまち跡取りの嫡男《ちゃくなん》まで授かり申しました。まさしく、好事魔多しというはこのことでござりましょう」

高津又兵衛《たかつまたべえ》はみちみち考えていたセリフをそつなく並べ、留守居役の顔色を窺《うかが》った。

又兵衛とは同じ高津の姓を持つ重臣で齢も同じ、ただし家禄には天地のちがいがある。枝分れしたのは関ヶ原の合戦より前だというし、その後は縁組の話なども聞かぬから、たまたま同じ姓を持つ他人といったほうが正しかろう。

「今さら親戚面をされても困る」

留守居役は腕組みをしたまま、冷ややかに言った。

「のう、又兵衛。たしかにおぬしとは三年前、成田のお不動様に厄除《やくよけ》の祈願に参った。しかしそれは、同い齢であるというほかに何の因果もあるまい。それとも何か、わしの払うた厄をおぬしがかわりに引受けたとでも申すか」

「いや、滅相もござりませぬ」

留守居役は上目づかいに又兵衛を睨みつけ、ふと微笑をとざした。

「まあ、それは冗談としよう。だが、婿取りうんぬんは聞き捨てならぬ。おぬしもあのときには、身に余る果報じゃと喜んでおったではないか。その婿殿の不始末を、わしのせいだと言われてものう」

「いやいや、それは誤解でござりまする、拙者はただ――」

「ただ嫌味を言いに来たか。そうではあるまい。わしが勧めた婿なのだから、離縁をして累が及ばぬよう取り計ろうてほしい、というわけであろう」

まさしく図星である。さすがは利《き》れ者で知られる江戸定府《じょうふ》御留守居役だと、又兵衛は舌を巻いた。

入婿の与十郎《よじゅうろう》が家督を継ぎ、又兵衛にかわって勘定方を務めるようになったのは二年前である。願ってもない良縁であった。又兵衛は父の代からの江戸定府であるから、国元からわざわざ婿を迎えるよりも無理はない。ましてや婿の実家は御公儀小納戸役《こなんどやく》を務める旗本である。これはまさしく御大師様の功徳だと思った。

その与十郎が、あろうことか藩の公金に手を付け、知らぬ間に新吉原の女郎を身請《みう》けして逐電《ちくでん》した。

「いかに隠居の身とは申せ、一つ屋の下に起居しておって気付かなかったでは済むまい。ましてや事が起こってから離縁などと、虫がよすぎるわ」

「はい。まことに返す言葉もございませぬ」

「なにゆえすぐに報《しら》せなんだ。与十郎が逐電しおってから、五日も経つというではないか。もはやわしの裁量でどうともなるものではない」

又兵衛はひやりとして肩をすくめた。御殿様は在国の年で、江戸表の差配は留守居役に委《ゆだ》ねられている。同じ定府役の誼《よし》みもあり、むろん当人の立場もあろうから、上司の御家老にも国表《くにおもて》にも報せずにうまい手だてを講じてくれるものと高を括っていた。

「と、申しますと」

「昨日、奥方様にはありのままをお伝え申し上げた。中屋敷の若殿様にもな」

「よもや、でござりまするが――」

これは脅しであろうと思うそばから、座ったまま腰が抜けてしまった。もういちど気を取り直して顔色を窺う。江戸の生まれ育ちで国を知らぬ留守居役は、とかく人をからかって喜ぶ癖がある。しかしここまで質《たち》の悪い脅しはするまい。

一瞬の沈黙の間に、咽《のど》がひりついてしまった。又兵衛は白髪まじりの鬢《びん》を撫で上げ、冷えた茶を啜《すす》りこんだ。

「戯言《ざれごと》ではないぞ、又兵衛。わしにはわしの立場というものがあるゆえ、奥方様にだけはお伝えしておいたのだ。ところが、内々にことを済ませよとのお達しがあるかと思いきや、若殿様にもお報せせよ、御家老様以下の御重臣を集めよ、と相成った。誤算と申せばそうだが、わしの罪科《つみとが》ではあるまい。悪く思うな」

「で、いかように」

「奥方様、若殿様、御家老様、御番頭《ごばんがしら》様、それとわしの五名で評定《ひょうじょう》をいたした結果

――」

いつものように気を持たせているのではあるまい。話しづらい結果なのだと又兵衛は思った。

「して、その結果は」

「国表に書状を送った。二百両といえば、穴埋めのしようもない大金だ。しかも女郎を身請けしての逐電という仕儀が御公辺《ごこうへん》の耳に届けば、お家の大事に至らぬとも限らぬ。致し方あるまい」

又兵衛はしどろもどろで言った。

「お待ち下されませ。かくなるうえは、拙者の家はいかようになりますのか」

「それは決まっておろうよ。入婿とは申せ与十郎は立派な当主だ。家禄召し上げのうえ所払い、まあそれ以上のお裁きはあるまいがね」

庭の松枝《まつがえ》に油蟬がかまびすしい。汗を拭《ぬぐ》うと肚《はら》の底から吐気がこみ上げて、又兵衛は手拭で口を被《おお》った。

「高津様」

「その呼び方はやめよ。おぬしの口から聞きとうはない。よいか、又兵衛。同じ苗字を持つとは申せ、わしとおぬしは親類ではない」

「しかし、わが高津の家も枝葉とは申せ、御藩祖公以来の譜代《ふだい》の臣にてござりまする。それを、入婿の不始末にて放逐とは、余りのお仕打ちにござりましょう」

「ばかを申せ。入婿のなしたることとなれば不始末ではないと申すか」

「いえ、不始末にはちがいござりませぬ。しかし――」

「しかしは通らぬ。与十郎は家督を継いだ当主であろう。追って沙汰する」

立ち上がった留守居役の足元に、又兵衛は額をすりながらにじり寄った。道理は留守居役にあるのだ。五日の間、足を棒にして江戸市中を尋ね回り、与十郎の行方を追った。手順をたがえていたのかもしれぬ。それでも留守居役に頭を下げれば、事が内々に済むであろうと考えていた。

「のう、又兵衛」

立ち去るかと見えて、留守居役は中庭に向いた座敷の障子を閉めた。又兵衛のかたわらに屈みこみ、耳元に顔を寄せて囁《ささや》く。

「ひとつだけ手だてはある」

「何と」

又兵衛は頭《かしら》をもたげた。

「与十郎と娘御との間に、跡取りのやや子がおるな。それは幸いだ」

「はい、勇太郎《ゆうたろう》の名付け親は御留守居役様でござりまするな」

「それを申すな。おぬしと関りとうはない。ただし、わしとおぬしとは家格がちがうとは申せ幼なじみだ。学問所も道場も、ともに通うた」

「はい、はい、さようでござりますな」

一縷《いちる》の光明が差した。いったいどのような手だてであろうと、又兵衛は咽を鳴らした。

「よいか。おぬしの家を残す唯一の手だてだぞ。気の利いた遺書を残して、腹を切れ。あとはわしが、勇太郎の後見ということで何とかする。それでともかく家は残る。よいな、又兵衛。この一件、罪科ことごとく己《おの》が監督の不行届にて御座候。依《よっ》て一命以て御殿様にお詫び奉り候。冀《こいねが》わくは、嫡子勇太郎をして家門相続を成さしめ、恥を雪《すす》ぎ、恩顧に報いんことを御願い奉り候――と、そのようなことを綿々と書き置けば、あとはわしが泣いてやる。腹を切れ、又兵衛」

「なるほど。さすがは御留守居役様でございますのう。そのような手だては毛ばかりも思いつきませなんだ」

灯芯《とうしん》を掻きながら、妻は顔色ひとつ変えずに言った。

「感心しておる場合ではあるまい。わしが腹を切って、家を勇太郎に残すという話だぞ」

その勇太郎は、娘が乳を含ませている。妻と娘が荒れたのは、事が露見したその晩くらいのもので、その後はふしぎなくらい落ち着き払っていた。又兵衛は今さらのように、女という生き物の肚の太さに驚いた。

「父上は四十五でござりましょう」

背を向けたまま、娘が言う。

「さよう。命を見限るにはちと早い」

「いえいえ、お祖父《じじ》様の享年は越しておいでです」

むっとして、又兵衛は娘の背を睨みつけた。

「それがどうした」

「お気を悪うなさらず。そもそも男子は短命の家系と聞き及んでおります。さすれば父上も、せいぜいのところ五十年。謡《うたい》の文句ではございませぬが、五年早うに身罷《みまか》れると思えば、むしろ死に処を得たと申せましょう」

玉を磨くがごとく育てた、美しい一人娘である。言いぐさは腹立たしいが、この娘にろくでなしを妻《めあ》わせてしまったのは父の罪にちがいないと、又兵衛は返す言葉を呑みこんだ。

「これ、菊《きく》や。言葉が過ぎましょうぞ」

たしなめるそばから、妻は娘にもまして淡白な声で言った。

「さよう申しましても、菊の申すところにも一理はございますのう。このまま放っておけば、あなた様で二十二代――それも早死《はやじに》ゆえの代重ねではございまするが、ともかく二百五十年も続いたわが高津のお家は、ついに浪人と成り果てまする。旦那様のご決心でその危急が救われるのであれば、まさしく男の死に処でございましょう」

「これ、千世《ちせ》」

と、又兵衛は妻に向き直った。

「道理はわかるが、二十五年も添うた妻の言葉とは思えぬ。わしに死ねと申すか」

「はい」

　妻はあっさりと言った。

「二十五年も添うたがゆえに申し上げまする。お腹召しませ」

　しばらくの間、又兵衛は見ようによっては酷薄な感じのする妻の一重瞼《ひとえまぶた》を睨んでいた。そのうち怖くなって鉄漿《かね》を真黒に引いた口元を見つめた。

「叶うことならわたくしもお供つかまつりとう存じますが、菊ひとりでは勇太郎の養育もままなりますまい。おひとりでお淋しゅうござりましょうが、お腹召しませ」

「さようなさりませ、お父上。後のことは菊と母上とで万端つかまつりますゆえ、ご安心下さい。お腹召しませ、父上」

　よその妻女を見るたびにかねがね考えていたのだが、どうもわが妻と娘にはやさしさが足らぬという気がする。それとも、おなごというものは外面《そとづら》と内面《うちづら》を持つのであろうか。

　たしかに道理ではある。代々江戸屋敷の勘定方を務めておるのだから、物事の損得もわかる。そうはいうても、妻ならば娘ならば、も少し悲しげな顔で、ここは万已《ばんや》むを得ずお覚悟なされませ、というほどのことは言うて欲しい。それを、まるで物言う鳥のごとく声を揃えて、オハラメシマセはなかろう。

又兵衛は憮然とした。武士なのだから、この際腹を切ることにやぶさかではない。

「相わかった。わしは腹を切るが――」

そこまで言ったとき、妻と娘が晴れがましい顔をしたように思った。

「おぬしらも心得ちがいをしてはならぬぞ。よいか、わしは責めを覚えて腹を切るのだ。けっしてその結果として、家を保とうとするのではない」

建前ではある。だが、その心構えは他者に対してもおのれに対しても必要であろう。商腹《あきないばら》では力が入らぬ。

「それはむろんのこと」

妻が言い、娘が肯《うなず》いた。

「今の今というわけには参らぬな。死ぬと決まれば、やらねばならぬことはいくらもあるものだ」

まさか常住死身《じょうじゅうしにみ》というわけではないが、日ごろから几帳面な又兵衛にはさほどの心残りはない。だが、その気性ゆえに泰然と構えてもおられぬ。

妻子に送られて玄関の式台に立つと、軒端《のきば》に満月が懸《か》かっていた。時刻は夜五つほどであろう。

八十石取りの江戸詰藩士としては、分不相応に立派な屋敷であった。上屋敷の長屋住いでは伜《せがれ》の面目が立たぬと、与十郎の実家が付けてよこした。もっとも御家人の屋敷はみな幕府からの借家であるから、勝俣《かつまた》の家が金を使ったわけではなく、役職を利用して空家を手配しただけであろう。

「このような時刻に、どちらへ」

妻の声は懐疑《かいぎ》を含んでいた。まるで切腹の決心を疑うているかのようである。

「逃げはせぬ。腹を切るからには、あの馬鹿息子を押しつけた旗本に文句のひとつも言いたい」

「それはようございますな。くれぐれも刃傷沙汰《にんじょうざた》には及ばれませぬよう」

妻は着物の袖にくるんで、刀を差し出した。

「提灯を持て」

たちまち灯を提《さ》げて走り寄ってきたのは、これも与十郎の実家が供に付けてよこした中間《ちゅうげん》である。

「勝俣の屋敷を訪ねるが、嫌ならば伴をせずともよい」

もとは勝俣の使用人である。丸五日の間、与十郎の行方を追って走り回ったあげく、旧主家への談判の供をせよというのは酷であろう。

しかし忠義者の老中間は、尻端折《しりばしょ》りをしながらきっぱりと言った。

「若旦那様の不始末には、とことんお供さしていただきやす。どうかお気遣いなさらず」


「仔細はあえて聞かずとも、それなる久助《きゅうすけ》めがすでに注進《ちゅうしん》いたしておるがの」

勝俣十内《じゅうない》は又兵衛を屋敷に上げようともせず、玄関先で言った。

三河御譜代《みかわごふだい》三百石の家柄なのだから、居丈高《いたけだか》であるのは仕方がない。しかし寝巻に袴だけをつけて、詫びのひとつもお愛想もなく、玄関払いはなかろう。

「まことか、久助」

肩越しに振り返って問い糺《ただ》せば、老中間は提灯を掲げて蹲《うずくま》ったまままうなだれるばかりである。みちみちの何やら言いたげな落ち着かぬそぶりは、そのご注進とやらの事実を言い出しかねていたのであろう。

溜息をついて又兵衛は叱った。

「もとはご当家の使用人とは申せ、与十郎に付き従《したご》うて参ったからには高津の者ぞ。それとも汝《うぬ》は密偵か」

年中着たきりの法被《はっぴ》の袖でしきりに顔を拭《ぬぐ》っているのは、進退きわまって泣いているのであろうか。いや、情を移すべきではない。この蒸し暑い晩に、牛込《うしごめ》から明神下まで早足で歩いてきたのだから、大汗をかいているだけだ。

「お責めなさるな、高津殿。いかに中間小者《こもの》とは申せ、久助には久助の立場がござろう」

「黙らっしゃい」

と、又兵衛は堪忍《かんにん》ならずに声をあららげた。

「拙者は与十郎に情けをかけ申した。不出来な侍であることは誰の目にも瞭然、しかし、さあればこそ教え甲斐もあるものと思い、心をこめて公私にわたり訓育いたし申した。もしこの三年のわが家の出来事が、久助の口から余すところなく伝わっておるのであれば、今さら何をなさらずとも頭ぐらい下げていただきたい。本来ならば変事を聞いて取るものも取りあえず、わが家に駆けつけるのが御実父殿ではござらぬのか」

勝俣の両脇に控える若党が、気色ばんで片膝立った。

刃傷に及ぶわけにはいかぬ。又兵衛はいったん肩の力を抜き、豪壮な旗本屋敷の玄関を見渡した。

夜五つを回っているというのに、門前にも玄関先にも、あかあかと高張提灯が掲げてある。これはおそらく、いつ何どき高津が怒りまかせに打ちこんできてもいいようにという備えであろう。むろん若党も襷《たすき》掛けである。

なるほど、と又兵衛は得心した。

「つまるところ、与十郎を婿に出したときから、いずれはかような事件が生ずると、肚をくってござったか。万一のときは注進せよと、久助めにも意を含ませておられたと。なるほど、それですべて読め申した。三百石取りのお旗本が、八十石の田舎侍に婿を出すなど、どうりで話がうますぎるわ」

そればかりではない。思いがけぬほど多額の持参金に牛込の御家人屋敷、忠義者で万事にそつのない老中間まで付けてよこした。そこまで熨斗《のし》をつけて厄介払いをしたのだから、受けたおぬしに文句は言わせぬとばかりに、勝俣十内は悪びれる様子を見せなかった。

旗本の面目を失わず、しかもこの一件に関らぬためには、こうして玄関の式台から睨みつけているほかはないのであろう。

唐破風《からはふ》の屋根の形を、ありありと玉砂利の庭に切り落とす満月を見上げて、又兵衛は大きく息をついた。ともかく気を鎮めねばならぬ。もののはずみで刃傷沙汰に及んでは、斬っても斬られても命を棒に振ることになる。

「のう、勝俣様。ちと言葉が過ぎたが、拙者の思うところを述べさせていただきたい」

十内は黙って肯いた。

「家格は比ぶるべくもなく、齢も一回り上のそなたに説教する無礼はお許し下されよ。拙者は、与十郎の不出来に気付かなかったわけではござらぬ。馬鹿は承知で婿と定め申した。むろん、ご実家の威名も過分の持参金も、ご周旋《しゅうせん》いただいた家宅も有難かった。当藩御留守居役のお口添ならば、断るわけにはゆかぬこともたしかでござった。しかしながら、与十郎を婿と定めたるには、さような打算や義理にまさる拙者なりの理由がござった」

　話しながら又兵衛は、胸の底に蟠《わだかま》っていた本心をようやく引きずり出したのだった。理不尽に対する憤りばかりが先に立っていたが、上司にも妻子にも、言いたくて言えなかった本心である。

「もともと良からぬ評判は耳にしておった。しかるに拙者は、いくどとなく与十郎を酒席に誘い、あるいは舟遊びや釣りに伴のうて、ひそかにその人格を見究めようといたした。いや、たしかに見究めたつもりでござった。かくなる仕儀と相成っても、拙者は与十郎が憎めぬ。どうしても世間がいうほどの不出来な侍とは思えぬ。血を分けたご実父殿ならばおわかりでござろう。二十歳ばかりの若者が、他人様《ひとさま》のおほめに与《あずか》るほど出来が良いというほうがおかしな話でござる。あれはたしかに、ご当家においては次男坊の冷飯食い、わが家に参ってからは入婿の養子のと言われていじけきっておった。しかし、その苦労を耐え忍んだのちは必ずや光り輝く玉にもなろうと、拙者は了簡いたし申した。家督を早々に譲り、お役目を申し送ったわけはただひとつ、部屋住み根性と入婿の腐心を、一日も早く捨て去ってほしいと思うたがゆえでござった。それさえ捨つれば与十郎は、地を這う虫が殻を破って立派な翅《はね》を拡げるがごとく、豹変するであろうと信じ申した」

又兵衛の本心を聞くうちに、勝俣十内の表情からは力が消《う》せた。

「もうよい、そちどもは下がれ」

そう言って若党らを遠ざけると、十内はやおら式台の上に膝を揃えて座った。

「妻《さい》も与十郎の兄も嫁も、奥の間にて息を詰めておりますれば、玄関にてのご無礼をお許し下され。当家には当家の立場がござるゆえ」

その先の言いわけは、聞かずとも知れ切っていた。

当節、旗本御家人の窮状は目を被うばかりであるという。御禄は毎度お借上《かりあげ》と称して遅配され、しかも待ちに待ったあげくに渡される手形証文を高利の札差《ふださし》で割引き、日々を凌《しの》いでいるという。それも千石取りの大身ならば蓄えもあり、立派な采地《さいち》も持つから何とかなる。小身であれば金はかからぬ。しかし三百石取りはいかにも苦しい。相応の体面を繕わねばならぬうえ、家族と家来衆、使用人まで算《かぞ》えれば、養う頭数は二十を下るまい。

口にこそ出さぬが、肩を落とした十内の顔には、そうした苦衷がありありと書かれていた。過分の持参金はどのようにして工面したのであろうと、又兵衛は今さらのように思った。

幕府は御家人の口べらしに躍起である。ましてや与十郎の持ち逃げした二百両は大金であった。すなわち勝俣の家は、けっしてこの一件に関ってはならなかった。

「余分なことはおっしゃられるな。拙者はただ、真心を申し上げたかっただけでござる。誰かしらに言わねば気が済まぬとあらば、御実父殿に申し上げるほかはござるまい。ご無礼いたした」

踵《きびす》を返そうとしたとたん、ばたりと大仰な音を立てて十内が式台に両手をついた。月かげが禿げ上がった月代《さかやき》を照らしていた。

これでよい。建前はともかく、御旗本が本音で頭を下げてくれたのだ。

しかし、頭を垂れたまま絞り出す十内の声を聞いたとき、又兵衛の澄んだ心は簓《ささら》のごとくに荒れすさんだ。

「すでにお覚悟ありと存ずるが、又兵衛殿。つつがなく腹をお召しなされよ」

「おいおい、又兵衛。ほかの頼みごとならばともかく、それればかりは勘弁してくれ」

まるで悪い冗談を聞いたかのように、寺岡《てらおか》は笑いながら言う。呵々大笑《かかたいしょう》が看板の豪傑だが、笑いごとではあるまいと又兵衛は気色ばんだ。

「たしかに俺は家中随一の剣客を自負しておるよ。まだまだ若い者に負けはせぬよ。そのうえ貴公とは従兄弟《いとこ》という血縁もあるし、昵懇《じっこん》の仲でもござるよ。しかしのう、刎頸《ふんけい》の交りだといわれても困る。それぱかりは困る」

「笑いながら困るやつがおるか。冗談ではないのだぞ」

すまぬ、と詫びたものの、どうもこの男の顔は物事の真剣味に欠ける。笑顔が地顔なのだから仕方ないが。

牛込の屋敷から明神下の勝俣家へ、さらに向島河岸の下屋敷に足を伸ばしたころには、時刻も夜九つを回っていた。満月は南の正中に懸かって、白く小さい。

下屋敷の奥には、御殿様の御側室が暮らしている。いきおい上屋敷の奥方様や中屋敷の若殿様がお成りになることもなく、屋敷奉行の寺岡萬蔵《まんぞう》は呑気《のんき》な用心棒のようなものであった。

御役長屋は空部屋ばかりで、集《すだ》く虫の音もわびしい。

「しかしのう、この夜更けに折入っての話と申すから、ない袖は振れぬと断るつもりでおったのだが、借金ではなくよもや切腹の介錯《かいしゃく》を頼まれるとは思いもせなんだわい。ははっ」

「笑うな、萬蔵」

眉をひそめて叱ると、一瞬は真顔に戻るのだが、じきに目尻も口元も緩む。子供の時分からどこも変わらぬ。腕が立つばかりで頭の足らぬ男である。

「よいか、萬蔵。いまいちど説明する。おぬしにもわかるように言う」

「おおよ。わかるように言うてくれ」

「古来、切腹と申すは親しき者に介錯を委《ゆだ》ねるのが作法と聞く」

「ははっ、そのようなこと、誰が決めた」

「黙って聞け。さような作法とあらば、わしにとって第一の親しき者は、おぬしをさしおいて他にはおるまい」

さすがにこの理屈はわかるらしく、寺岡は着たきりの稽古着の腕を組んで、ううんと唸った。

「考え直してくれ、萬蔵」

「いま考えている」

考えているふりをしているのはわかる。この男に物を考えようというのがどだい無理な話であった。ここは理を並べて押し切るほかはない。

「御留守居役様も腹を切れという。妻も娘も了簡した。与十郎の実家では、三百石取りの御旗本が頭を下げた。わしが腹を切るのは世の総意である。によって、わしは腹を切るのだが、介錯人が必要であることに気付いた。腕が立って仲もよいとなれば、おぬししかおるまい。いや、これはわしだけがそう思うのではなく、誰に聞いてもわしの介錯人はおぬしだ」

「勝手に決めるな、又兵衛。誰に聞いたわけでもあるまい」

「聞かずともわかる。よいか、わしの介錯を務めたからというて、おぬしが何の罪を蒙るわけでもない。むしろさすがは刎頸の交りと讃えられるであろうよ。むろん、わしがこうして頼みこんだことは内緒にしておく。すなわちおぬしは、善意と友情により、介錯人を買うて出たのだ。それでよかろう」

さして考えているわけではなかろうが、寺岡の唸り声はさらに深まった。今一息だと、又兵衛は語気を強めた。

「おたがい微禄ではあるがの、幼い時分から、おぬしは剣を執れば家中随一の達者、わしは読み書き算盤《そろばん》においては人後に落ちなかった。そのわしの不始末――いや正しくは婿の不始末をわがものとしてわしは腹を切り、おぬしが介錯をする。これは美談ではないか。士道地に堕ち、御公儀の先行きにも暗雲たれこめる昨今、赤穂義士以来の武士道の誉《ほま》れとして世に喧伝《けんでん》されること疑いなしだ。さすれば、泣いて友を斬ったおぬしにも光明が差すというもの、御殿様はおぬしの働きを嘉《よみ》してご褒美を下さり、御公儀幕閣から講武所の教授方に出仕せよとのお達しがあることは必定《ひつじょう》だぞ。まったく頭の働かぬやつだ。腹を切る者にここまで言わせるな」

よもやそこまではあるまいと思いつつ、又兵衛は押しに押した。どう考えをめぐらせても、介錯人は寺岡をおいて他にはいない。

「関ヶ原の昔ならともかく、権現様が太平の世をお開きになってよりこのかた、切腹などはめったにあることではない。かの赤穂義士とて、その仕儀は腹など切らずに、三方《さんぼう》に手を延べたとたん介錯人が首を打ったと聞く。ましてやそののちは、三方の上に刀も置かぬ扇子腹だ。さなる切腹の作法を考えれば、どうあってもおぬしに首を打ってもらわねばならぬ。それともおぬしは、わしに聞いたこともない一人腹を切れとでも申すか」

押し切った、と又兵衛は思った。寺岡は目を閉じたまましきりに肯いている。

「では、善は急げだ。わしはこれより屋敷にとって返し、死仕度《しにじたく》をする。古来、切腹の時刻は明け六つの鐘が鳴る前の、未明がふさわしいと申すでな。同行いたすか。それとも、時刻を見計ろうて拙宅に参るか」

「待て、待て」と、立ち上がりかける又兵衛の膝に手を置いて、寺岡萬蔵はまこと思いがけぬことを言った。

「介錯をせいと言われても、あいにく俺は据物《すえもの》の藁苞《わらづと》しか斬ったためしはない。士道の誉れも義理も糞もあるかい」

「何と申す。わしは腹を切らねばならぬのだぞ」

「それは貴公の勝手だろうよ。潔く一人腹を切れ。ひとごろしを他人に頼むとは、馬鹿かおまえ」

「さしでがましゅうはござんすが、ひとこと言わしていただきとう存じます」

灯の尽きてしまった提灯を舟べりにかざしたまま、久助がふいに言った。

四十五の足はさすがにくたびれて、吾妻橋の袂《たもと》の舟宿を叩き起こし、外濠《そとぼり》の船河原《ふながわら》まで戻ることにした。そのほうが歩いて帰るよりよほど早い。死仕度もある。遺書も書かねばならぬ。

「ふむ。何なりと申せ。ただし妙な言いわけは許さぬぞ。汝《うぬ》の苦しい立場はわかっておる」

「いえ、言いわけじゃあござんせん。大旦那様よりいくらか飯を食った爺いの話をお聞き下さんし」

小舟は月明の湾《いりうみ》を土手伝いに進み、柳橋の入合から濠に入った。潮のかげんであろうか、舟足はすこぶる速い。満月は西に傾《かたぶ》いているが、この分なら暗いうちに屋敷に戻り着けるであろう。

「あっしァ、十四から六十のこの齢まで、長えこと御武家奉公をいたしておりやすが、実は切腹なんて話ァ、芝居《しばや》のほかに聞いたためしもねえんで」

言われてみればたしかにその通りである。切腹といえば武士の花道ではあるけれども、実際にどこで誰が腹を切ったという話は聞かぬ。

「そんなわけで、あっしァきょう一日、ずっと大旦那様のお供をして、まさかまさかと思い続けておりやんした。何だかこう、芝居を見ているみてえな気がいたしやんした。したっけ、何だか歩くたんびに、だんだんそのまさかが本当《まぶ》になっちまって、このまんまだとやっぱしお腹を召すってことになっちまうんじゃねえかって」

　なるほど、そういうふうに見えるのかもしれぬ。士分ではない者からすれば、腹切りなどという場面は、舞台のほかには有りえぬのであろう。

「あの、お気を悪くなさらねえで下さいましよ。ひとつっかねえ命をてめえで捨てるっての、ばかばかしいたァ思わねえんですかい。よしんばそうすることで誰が救われるにせよ、ばかを見るのはご本人おひとりで」

　腹は立たぬ。洒落ではないが、久助の言うところは単刀直入に過ぎた。まるで腸《はらわた》を摑まれたように、又兵衛は顔をしかめた。

「それとね、大旦那様。お家大切てえのはわかりやすけんど、そのお家には命があるわけじゃねえんだし、住まう人間の命あってこそのお家だと、あっしは思うんです。そう考えるてえと、正体《しょうてえ》のねえお家にふん縛《じば》られてるみなさんのほうが、了簡ちげえをしていなすって、一等てめえ勝手をなすった与十郎様は、何だかまっとうな人間みてえな気がしねえでもねえんだが」

「ほう。与十郎めがまともと申すか」

「いえね、ふとそんな気がしただけでござんす。そりゃあ、お足をくすねたり、そのお足で女郎と逃げるなんざ、悪いことではござんすがね。まとも、ってえのァ、そのほうがいくらか人間らしいってえことでござんす」

　ことと次第によっては、無礼打ちに打ち果たされても仕方のない言いぐさである。舟べりを振り返ると、久助は灯のない提灯をかざしたまま、じっと川面に目を据えていた。

「さきほど勝俣のお屋敷で、大旦那様が与十郎様をおかばいになったとき、あっしァ有難くて涙が出ました。与十郎様は憎めぬ、世間のいうほど不出来な侍とは思えぬって。まるであっしの肚のうちを、大旦那様がかわっておっしゃって下すったようで」

　又兵衛はきつく目をつむった。冷飯食いの次男坊は、中間の背におぶさって育ったのかもしれぬ。そして、そのぬくもりの中に、武家の道義ではなく人間らしい生き方を学んだのかもしれぬ。

「大旦那様は与十郎様を、与十、与十、と呼んでらっしゃいやした」

「それがどうかしたか」

「お小せえ時分、勝俣の御家来衆も使用人どもも、みんなして与十様と呼んでましたもんで。まったく天真爛漫の、可愛らしいお子さんでござんした。なに、そんな昔の話じゃねえんです。ついこの間のことでござんすよ」

「与十も、いささかいたずらが過ぎたの」

天真爛漫たる若侍の面影が瞼をよぎると、又兵衛の口元に笑みがこぼれた。

久助は溜息まじりに言う。

「そのいたずらのせいで腹をお召しになるぐれえなら、お侍《さむれえ》をご返上なすったほうが、まだしもましってもんじゃあござんせんかね」

臨死勤而奉言上候《しにのぞみつつしんでごんじょうたてまつりそうろう》。今般愚息不始末之一件、罪科悉《ことごと》ク拙者監督不行届而《にて》御座候。出奔以来五日、捕《つかまえ》次第成敗致候也ト方々尽手《てをつくし》候処、未《いまだ》行方杳不知《ようとしてしれず》、斯成《かくなる》上以拙者一命《うえはせっしゃのいちめいをもって》、御殿様ニ御詫奉候ト思定《おもいさだめ》候。冀《こいねがわく》ハ嫡子勇太郎之儀——

「もし、旦那様。遺書にて家名存続の件は申されぬほうがよろしいかと。露骨なる商腹《あきないばら》と勘繰られましょうぞ。お詫びの言葉のみ、あとは御留守居役様が意を汲んで下さりましょう。ここは申すべきことを忍んで以心伝心、どなたがお読みになられても潔しと感心なさる文面になされませ」

妻は書きかけた遺書を文机から取り上げ、かわりの巻紙を置いた。

「母上様、さよう細かいことをおっしゃってらしたのでは、夜が明けてしまいまする。よほどの粗忽《そこつ》がないかぎり、御留守居役様がうまく運んで下さります。それに、遺書にまでとやかく口を出されたのでは、お腹を召されるお父上があまりにお気の毒」

そう言って袖を瞼にあてる娘のしぐさから、さほどの悲しみが感じられぬのは気のせいであろうか。いささかうんざりとしながら、又兵衛は三度目の遺書を書き始めた。

屋敷に戻ると、奥の間の畳はすでに裏返され、白木綿が敷きつめられていた。ごていねいなことに、敷布の下には油紙まで挟みこまれていた。あの時刻から、いったいどこで手配したものか、浅黄《あさぎ》色の肩衣《かたぎぬ》までが揃えられており、妻子の手でたちまち死《し》に装束《しょうぞく》に着替えさせられた。

「遺書を書きおえられましたら、それなる茶漬と御酒を一合、お召し上がり下されませ」

「ほう。何から何まで手回しのよいことだな」

「腹がすぼんでおると、切先が通りにくいと申します。それに、御酒を召し上がりますれば血の出がよろしいと――」

「そのようなこと、誰に聞いたのだ」

「隣屋敷の御隠居様から。介錯を承《うけたまわ》ってもよいと仰せでしたが、お頼みいたしましょうか」

枯木のような隣家の隠居の姿を思いうかべれば、はや生きた心地がしない。知恵を授けてくれたのは有難いが、介錯は要らぬ節介であろう。

「あの爺様に介錯されるくらいなら、一人腹のほうがよほど楽だわい」

「それにいたしましても、たってのお頼みを無下《むげ》になさるとは、寺岡様も見損ないました」

見損のうたのは寺岡ばかりではないと、思わず口に出しかけて、又兵衛はあやうく言葉を呑み下した。畢竟《ひっきょう》、妻は他人である。

しかし、ならば娘は何であるかというと、むろん他人ではないのだが、父よりも格段に母と近いのである。これが伜であればずいぶんと成り行きもちがうであろうと思う。

「千世。菊。おぬしらに言い遺すことは何もない。勇太郎のこと、くれぐれも宜しゅう頼んだぞ」

振り向きもせずに又兵衛は言った。

「かしこまりました。お心おきのう、お腹召しませ」

「じじ様の大恩、勇太郎にはせいぜい言うて聞かせましょう。さすれば父上様、みごとにお腹召しませ」

いちいち癇《かん》に障るのは、死にゆく者の僻《ひが》みであろうと、又兵衛は思うことにした。ふしぎなほど悲しみはない。怖ろしくもない。一人腹に不安はあるが、腹は形ばかり皮一枚を切って、さっさと咽を突いてしまえばよかろう。それでも打首同然の扇子腹よりは、よほど潔いはずである。

遺書を書きおえて、又兵衛は独りごちた。

「武士道というは、死ぬことと見つけたり、か。よくもいうてくれたものだな」

その訓《おし》えはひとえに没我の精神とばかり思っていたが、いざおのれが死ぬる段になると、そのように高邁《こうまい》な思想などではなく、ただひたすらお家繁盛のために命の高売りをせよと諭しているような意味にとれてならなかった。

ふと背後に人の気配を覚えて振り返ると、立ち去ったとばかり思っていた妻と娘が、襖の隙間から座敷を覗きこんでいた。

「そろそろ茶漬をお召し上がりになるかと思いまして」

「勇太郎にお別れをなさるのなら、連れて参りまするが」

妻も娘も、思いつきのように言った。本当に腹を切るかどうか、見張っているのであろう。いや、切腹はわかりきったことなのだから、よく言うなら見届け、悪く考えるのなら暗い興味というところか。わが女房、わが娘とはいえ、実に嫌な性格だと思う。

ああ、と又兵衛は天井を仰いで呻いた。今までついぞ考えずにいたが、もともと他人の与十郎はこの姑と女房にほとほと嫌気がさしていたのではなかろうか。

「物を食う気にはなれぬ。勇太郎には先ほど別れをいうた。さがっておれ」

もしひとつしかない命を高売りするのが武士道なのであれば、与十郎はこのうえ望むべくもない命の高売りをしたことになりはすまいか。すなわち、主君を裏切り家を潰し、侍を捨ててもうひとつの人生を選ぶことが、与十郎の考えた武士道なのではないのか。

妻と娘の足音が去ると、それを見計らうように庭先から忍び声が聴こえた。

「大旦那様、よろしゅうござんすか」

いったい何用であろうと、又兵衛は訝《いぶか》しみながら廊下に出た。音立てぬようそっと雨戸を引く。ほんのりと明るんだ苔の庭に、久助が傅《かしず》いていた。

「間に合ってようござんした。何もおっしゃらずに、あっしの言うことを聞いておくんなさんし。なに、さほどお手間はおかけいたしやせん。ちょいとそこいらまで」

「おい、久助。何がちょいとそこいらだ。ほれみよ、蜆《しじみ》売りの小僧が腰を抜かしたではないか」

捻じ上げるほどの強い力で又兵衛の腕を握り、久助は朝靄《あさもや》の軽子坂《かるこざか》を駆け下って行く。死装束の疾走に出くわした蜆売りは不憫《ふびん》である。

履物もないが、幸いおろし立ての白足袋のおかげで足は痛まぬ。坂を下り切って外濠の通りに出たとたん、豆腐売りと鉢合わせた。これもたちまち振り分けに担いだ桶をくつがえして腰を抜かした。

辻を右に折れ、一丁下れば牛込の船河原である。さすがに息が切れたとみえて、久助はようやく走るのをやめた。

「いったい、ぜんたい、何が、どうしたと、いうのだ」

泡を噴きながら、又兵衛は訊ねた。さらに齢かさの久助は答えようにも声にならぬ。足ももつれているのに、腕の力だけは又兵衛を引きずるほどの強さであった。

「今すこし、今すこし」

久助はそればかりを言い、やがてその声も駕籠舁《かごか》きの掛け声のようになった。わけがわからぬまま、しまいには落武者のように抱き合うて、土手柳の下を歩いた。

外濠に江戸川が流れ入る橋の上まできて、久助は欄干に身を預けた。苦しげに顔を伏せたまま指を彼方に向ける。その指先をたどると、朝靄の立つ水面《みなも》に提灯の灯が浮いていた。

死装束の袖で汗を拭い、又兵衛は目をしばたたいた。

「申しわけござんせん、大旦那様。与十郎様の居場所は知っておりやんしたけど、どうにもこうにも、言うわけにはいかねえ。せめてお別れだけでもと、ようやくここまで連れて参《めえ》りやしたが、今度は舟から降りて下さんねえ」

轟《とどろ》く胸を抱えて又兵衛の足元に蹲ったまま、久助は言った。

「もうよい」

又兵衛は橋の上を歩き出した。小舟はゆるゆると流れてゆく。靄の切れ間に出ると、岸に向かって両の掌を合わせる二つの人影が見えた。

「与十やあい、与十やあい」

又兵衛は婿の名を呼びながら土手道を走った。地味な小袖を着た女は、堅気の女房に見えた。

「与十を、頼んだぞ。ばかな倅だがの、添いとげてくれよ」

女は掌を合わせたまま、たしかに肯いてくれた。

「与十やあい、与十やあい」

商人《あきんど》の本多髷《ほんだまげ》が妙に似合う。縞《しま》の合羽《かっぱ》に手甲《てっこう》を嵌《は》めた旅姿であった。

こみ上げる思いは何ひとつ声にならず、又兵衛は「与十、与十」と叫び続けた。

小舟は提灯のあかりばかりを雫《しずく》のように残して、やがて朝靄の中に消えてしまった。

それから又兵衛は、柳の幹にすがって泣くだけ泣いた。

こらえ続けていた嘆きが、ついに堰《せき》を切ったわけではない。すべてを捨てて生きようとする与十郎が愛おしくてならなかった。

ぬかるみを這い寄ってきた久助が、土手道にかしこまってうなだれた。

「大旦那様、どうぞご存分に」

そのとたん、べつだんまっとうに物を考えたわけではなく、まるで天から降り落ちてきたご託宣を口にでもするように、高津又兵衛は久助を叱りつけた。

「汝《うぬ》の忠義に仕置などできるものか。切腹はやめじゃ。千世も菊も勇太郎も、わしが立派に養うてやるわい」

*

ところで、この物語は私の創作である。向こう火鉢で茶を啜りながら祖父の語った昔話が、このように手のこんだ筋書であろうはずはない。つまり私は、記憶に残る祖父の話をふたつ繋ぎ合わせて、勝手な物語を作ったのである。

そのひとつは、「切腹の場から逃げ出した侍が、死装束のまま未明の町なかを疾走し、蜆売りや豆腐売りを仰天させた話」である。けっこう長い事の顚末の、あらかたを忘れてしまったのはくやしいが、浅黄色の裃《かみしも》を翻して疾駆《しっく》する侍の姿だけは、わが目で見たように瞼に灼《や》きついていた。

もうひとつは、「入婿の不始末で切腹を覚悟した御隠居が、大政奉還であやうく命を拾った話」である。これは物語の筋にほぼ沿っていて、ことに周囲から死ね死ねとせっつかれながら、肚の決まらぬうちに命拾いをするという経緯が面白かった。

このふたつめの話には後日譚がある。祖父が幼かったころ、佃島《つくだじま》と鉄砲洲《てっぽうず》を結ぶ渡しに八十を過ぎてなお矍鑠《かくしゃく》たる名物船頭がいて、客待ちの間に「御一新の命拾い」を子供らに話して聞かせたそうだ。

つまり後日譚というよりも、その船頭の実体験を、幼い日の祖父が聞いたわけである。そもそも嘘かまことかはともかく、二人の老人の口を経て私に伝えられた話には相当の脚色がなされているにちがいないから、いっそのこと小説に仕立てたところで罰は当たるまい。

高津又兵衛が明治の末まで生き永らえ、佃の渡しで櫓《ろ》を漕《こ》いでいたという落ちはなかなかだが、そこまで書くにはいささか照れ臭く、むろん筆の力も及ばぬ。せめてこのように出典を白状して、お茶を濁すほかはあるまい。

祖父は未来と過去ばかりを語り、今というものをけっして口にしなかった。

私が勝手に決めつけられた未来に腹を立て、「医者になんかならない。小説家になる」と宣言したときの、祖父の狼狽と落胆の表情はありありと覚えている。祖父はうろたえ、叱言《こごと》を並べ、それから「ああ、ああ」とどうしようもない声をあげて、寝床に入ってしまった。

言わでものことを言ったと、私は反省した。しばらく読書か勉強かをして、隣座敷の床に入ると、長いことといったい何を考えていたものやら、襖ごしに祖父が呟いた。

「まあ、孫なんだからわからんでもねえ」

たぶん寝言ではなかったと思う。

大手《おおて》三之御門《さんのごもん》御与力様《およりきさま》失踪《しっそう》事件《じけん》之《の》顚末《てんまつ》

昭和二十六年生まれの私は、いわば高度経済成長期の申し子である。

多少の境遇の差こそあれ、国家の復興と発展をそのまま滋養として育った、まことに幸福な世代であるといえよう。

しかも都合の良いことに、その発展の過程は質的な向上と拡大に終始しており、努力とは言えぬほど世の流れに身を委《ゆだ》ねていれば、自然に幸福になるという結構なものであった。たとえばテレビや自家用車の普及なども、当時は革命的と思えたのだが、いざ手に入れてみれば物質生活の向上と拡大の利器ではあっても、人間の本質を変えうるほど厄介なものではなかった。すなわち、戦後からつい先頃まで長く続いた高度成長は、革命という言葉に合致する発明などほとんどない、漸進的な社会発展であり、われわれは享受されるものを健全に使用してさえいれば幸福だったのである。驚異の発明はたくさんあったが、脅威を感ずる発明はなかった、とでも言えば的を射ているであろう。

ところが、近年われわれがすこぶる急進的に使用するようになったコンピュータと携帯電話機は、その伝で言うなれば驚異より脅威である。これらの普及によって、社会の本質も人間の本質もくつがえったような気がする。

知識と情報はコンピュータを通じていかようにも供与されるので、「碩学《せきがく》」とは多年にわたって学問を研鑽した人をさすのではなく、コンピュータの操作に習熟している人の異名となりうる。経過や方法はともあれ、結果的にすぐれた論文をなしたり、会議の結論を導いたりするのであるから、学問や実業がもたらす社会利益上は、やはり彼らは碩学でありエキスパートと呼ぶべきであろう。

一方の携帯電話機は、プライバシーの自由と安全を保障する利器でありながら、同時に個人の自由と安全を殆《あやう》くするという二面性を持っている。

このうち「安全」については、ミステリーや社会派小説の領分であるから、さておくとする。私が物語にしようと思うのは、携帯電話機の所有によって著しく損《そこな》われた「自由」についてである。

かつての父親は、毎朝「行ってきます」と家を出たら最後、どこで何をしているかわかったものではなかった。語弊があるというなら、どこで何をしているかは父親本人の自由意思と良識に委ねられていた。すなわち、権利である。

しかし、携帯電話機を所有してからというもの、この権利は喪《うしな》われたどころか、家族なり会社なりから連絡があった場合、どこで何をしているか即答しなければならぬという義務まで発生したのである。

つまるところ伸縮自在の首縄の端を、家庭と会社に握られているようなもので、この姿はどう見ても人間的ではない。ならば自由のために電源を切っておけばよさそうなものだが、たとえ悪事を働いていなくとも、あらぬ憶測を招き疑惑を抱かれると思えば勇気が要る。いや、その程度の勇気などいわゆる匹夫《ひっぷ》の勇に如《し》かぬであろうから、それを行うてしかも憂《うれ》いを残さぬためには、会社からも家族からも信頼される人格者でなければなるまい。

と――このようなことを夜更けの酒場で論じ合っていた折も折、ひとりの携帯電話機がけたたましく鳴った。

気の毒に一座の笑いものとなった彼は、いそいそと戸外で電話の応対をし、店に戻ってくるなり吐き棄てるように言った。

「大の男がどこで何をしていようが勝手だろう。やだやだ、まったく嫌な世の中だ」

いっそ電源を切って、しばらく神隠しに遭うというのはどうだ、と私は思いついた冗談を言った。

ところが応じて笑う者はなく、むしろ深刻な提案を思いつめでもするように、座はしんと静まってしまった。

神隠し――不在の自由を失ってしまったわれわれにとって、何とも魅惑的な言葉である。

*

日ごろ昵懇《じっこん》の仲である横山四郎次郎《よこやましろうじろう》が、ふいに行方しれずになったのは、天保初年の夏の盛りであった。

それまでの同輩の様子を、長尾小源太《ながおこげんた》はかえすがえす思い起こしてみるのだが、たしかに平常《へいぜい》と何の変わりもなかった。むろん悩み事を打ちあけられた覚えもなく、他人の恨みを買うような人物でもない。

まずは、行方しれずとなった晩の状況が尋常ではなかった。

御百人組《おひやくにんぐみ》の詰所は、大手三之門内である。いいかげん陽も高くなってから、御組頭の本多修理大夫《ほんだしゅりだゆう》が小源太を呼んで、いささか他聞を憚《はばか》るように横山四郎次郎の所在を訊《たず》ねた。

朝から横山の姿が見えぬのは小源太も気付いていたが、御組頭の命を受けて使いにでも出たのであろうと思っていた。その御組頭が所在を訊ねるということはつまり、横山は夜詰の大手番所から忽然《こつぜん》と姿を消したのである。

御百人組は徳川の由緒正しき鉄砲隊である。鉄砲同心百人で一組を成すところから百人組と呼ばれ、平時には四組が月番交替で大手の護《まも》りに任じていた。

この八月は四組のうち、本多修理大夫の率いる青山組が勤番である。御組頭の下に二十五人の馬上与力《ばじょうよりき》を持つところから、正式の名である青山組というより、二十五騎組と称したほうが聞き映えもし、また通りもよかった。

その二十五騎組の侍のひとり、しかも小頭《こがしら》ともいうべき馬上与力のひとりが勤番中に姿を消したのだから、御組頭が他聞を憚って小源太に訊ねたのも当然であった。

もっとも、御組頭の責任上はさほどあわてる話でもない。百人組は若年寄《わかどしより》の支配下であり、その若年寄がいちいち与力同心の点呼をとるわけはないからである。旗本御家人の行状を監察するのは御目付役だが、この役職はせいぜい千石高であるから、役高三千石の百人組御組頭に文句をつけるほど偉くはない。つまり本多修理大夫が、白髪の目立ち始めた髷《まげ》を傾げて小源太に囁《ささや》いたわけは、おのが責任を怖れたのではなく、それくらい薄気味悪い話だからであった。

いったい何が起こったのかわけがわからぬので、ほかの与力の耳には入れられぬ。さては大手まわりの草むらで卒倒しているかと思い、かと言って同心を捜索に出すわけにもいかぬから、御組頭と小源太の二人きりで周辺を探し回ったが依然四郎次郎の姿は見当たらぬ。

かくして、とりあえず小源太が急な公用と称して、四谷太宗寺横の与力屋敷へと赴くことになった。

大手前から濠端《ほりばた》をめぐり、四谷に至るまでの道すがら、小源太はおよそ考えつく限りを考えあぐねた。

三十俵二人扶持の同心ならばいざ知らず、与力は無役待命中の小普請組《こぶしんぐみ》から召し出されたわけではない。身代こそ八十石の小禄ながら、父子代々二十五騎組の家統を継ぐ者である。むろん横山四郎次郎も、その名に恥ずべき侍ではなかった。年齢は四十の小源太より二つ下という分別ざかりでもある。

唯一思い当たるふしといえば、婿養子という境遇であろうか。もっとも、家というものは子種の豊かな血筋とそうでない血筋が極端であるから、入婿などは少しも珍しい話ではない。かくいう小源太も御先手組《おさきてぐみ》与力の家からの入婿であるし、聞くところによれば御組頭の本多修理大夫も、かつてはそれなりの御旗本の部屋住み厄介であったという。

わが身に照らしてみれば、婿養子の苦労もまあわからぬではないが、まさか家を捨てて御役に背《そむ》いてまで逐電《ちくでん》するほどの苦労ではない。いやむしろ、養子の口が見当たらず中間小人《ちゅうげんこびと》同然に部屋住みのまま一生を送る侍も多いのだから、実家の兄と肩を並べて御役に就くことの果報は、養子の誰もが知っているはずである。むろんその婿入りから二十年近くも経って、何を今さらの苦労でもある。

では、なにゆえ消えた。

本人の意志ではないとすると、これは事件である。百人の同心が大番所に詰めていれば、つまらぬことから諍《いさか》いも起こる。だが百人の目があればこそ、多少の諍いが大事に至ることはない。仮に悶着沙汰があったにせよ、ほかの与力や御組頭の目をくらますことなどできるはずはなかった。

それはさておき、どこへ消えた。

考えるほどに、消えた理由などどうでもいいような気がしてきた。ふしぎでならぬのは、消えたという事実である。

百人番所は大手三之門内にあるが、門外は下乗橋《げじょうばし》を渡って大手内の広場となる。その先は御譜代大名が厳重に警護する大手門で、当然夜詰の番士がいる。つまり何かの事情で横山四郎次郎が逐電するにしても、煙のように消えでもしなければ城外に出ることはできぬ。

歩きながら、神隠しという言葉が頭をよぎったとたん、小源太は陽ざかりの三宅坂で棒杭のように立ちすくんでしまった。

「何と、大の男が神隠しに遭うたとおっしゃいますか」

横山の妻は初め驚き、じきに鉄漿《かね》を引いた口を袖に隠して、おほほと笑った。屋敷の玄関先で挨拶もそこそこに、神隠しなどと言うたおのれを小源太は恥じねばならなかった。どう考えてもほかに思いつくことがなく、みちみち思い屈したなりをつい口にしてしまった。

むろん笑いごとではない。しかし女房はお勤めの厳正さも、城内の堅い護りも知らぬのだから、いきなり神隠しと聞けば笑いたくもなるのだろう。

月番に出るときは、二十五騎の与力と百人の同心が組屋敷門前に集合し、わいわいがやがやと出かける。同心たちが鉄砲の筒先を揃え、威儀を正して歩き出すのは四谷の大木戸からである。そうした行列を送る妻たちが、息の詰まるほど粛々とした大手三之門の勤めを知るはずはなかった。

「そうは申されますが長尾様。神隠しなどというものは年端《としは》もいかぬ子供の遭うもので、拙宅の主人のような大兵をどうこうするほど、天狗様も酔狂ではありますまい」

小源太の真顔に気付いて居ずまいを正しても、口元はまだ笑いを嚙み殺している。女房とは呑気《のんき》なものだと、小源太は玄関先に佇《たたず》んだまま物も言えなくなった。

「まあ、神隠しは戯言《ざれごと》といたしましょう」

小源太は腰の刀を抜いて式台に腰をおろした。陽を除けると、涼やかな風がうなじを吹き過ぎた。

八十石取りの御家人とはいえ、由緒正しき二十五騎組与力の屋敷は立派なものである。二百坪ばかりの敷地をめぐる塀は築地垣に瓦葺きで、門から玄関までは石畳も敷きつめてある。知らぬ人が見ればさしずめ二百石の旗本屋敷であろう。

「よもや役宅に戻られたということは、ございますまいな」

女房はまた、おほほと笑った。美形でもあり、いつもにこやかな横山の女房は誰からも好感を抱かれているが、明るい気性というのもこの際は考えものだと小源太は思った。

「それは長尾様。御上番中に宅に戻るはずはございますまい。仮にそうとしても、女房が匿《かくも》うわけはございませぬ」

愚問であった。御組頭もそうした意味で様子を見てこいと言うたわけではない。事の次第をとりあえず女房に報《しら》せて、何か思い当たるふしがあるか訊ねて参れ、というわけである。

「番所では騒動になっておりませぬか」

女房はようやく笑いごとではないと気付いたように、表情を翳《かげ》らせた。

「ありえぬことゆえ、むしろ騒動にもなってはおりませぬ。誰しもが横山君は御組頭様のお下知にて、どこぞに使いに出たと思うております」

ほう、と女房は胸を撫で下ろした。

考えてみれば、組頭の気配りも大したものである。横山の姿が見えぬことに気付き、誰に訊ねるより先にまず小源太を呼んだ。配下の与力のうち、横山と昵懇な小源太だけに変事を伝えたのである。ほかの与力や同心たちの耳に入ればたちまち大騒動となり、やれ御目付に届けよ、若年寄に報せよということにもなりかねぬ。

「さすがは修理《しゅり》様でございますのう。何でも噂では、あのお方のご器量は御百人組頭ではもったいない、ちかぢか武役筆頭たる大番頭《おおばんがしら》にご出世なさるのではないかと」

そんな噂は聞いたことがない。おそらく女房たちは、亭主の勤番中に茶でも飲みながら、勝手放題の噂をたてているのであろう。

しかし、誰よりも先に配下の欠員に気付いた目配りといい、その後の冷静な判断といい、たしかに本多修理大夫の器量は並ではない。やや薹《とう》はたっているけれども大番頭どころか老中若年寄の幕閣に名を列《つら》ねても、十分にお役目を果たすであろう。

「お言葉ではござるが、御役向きの話はお控えめされよ」

と、小源太は女房をたしなめた。

「あ、これは過ぎたことを。おなごの妄言《もうごん》ゆえご容赦なさりませ」

どうも女房というものは油断がならぬ。亭主にこそ面と向かっては何も言わぬが、その実は女房たちだけの世界というものがあり、噂話とはいえあんがい賢明なる議論などが交わされているのではなかろうか。

「それにいたしましてものう——」

と、横山の女房は松枝《まつがえ》に鳴く蟬の声に眩《まば》ゆげな目を向けた。

「思い当たるふしは何もございませぬ。宅の主人は、長尾様もようご存じの通りの子煩悩で律義者で、万が一にも家を抛《なげう》って逐電するはずはございませぬ。だとすると、やはり神隠しということも、あるいは」

「ようようおわかりになられたか。つまり拙者は、みちみちあれやこれやと考えつくしたあげくに、さような結論に至ったのでござるよ」

言うたとたんに、二人は困惑した顔で見つめ合った。恐怖と滑稽がないまぜとなり、たがいにどういう顔をしてよいものかわからぬ。ぞっと身震いをしながらも、つい口元からこぼれてしまう笑みを、小源太も禁じえなかった。

ともあれ、女房に思い当たるふしがないというのだから長居は無用である。日の昏《く》れる前に番所に戻って、御組頭と今後の始末を考えねばならなかった。

「さすれば、神隠しということで」

「さよう。理詰めで参りますと、残る結論はそれしかござらぬ」

「勤番はあと四日ばかりでございますが、どのようになされますのか」

「交替の折には若年寄と御目付の検分がございますれば、きょうの明日にでも表向にはお届けせねばなりますまい」

「神隠し、と」

「はい。神隠しに遭うた、と」

そこでとうとう二人は、見つめ合うたまま噴き出した。

「笑いごとではござりますまいぞ、女房殿」

「はい、さよう心得まするが、何やら怖ろしゅうておかしゅうて」

悲しみとおかしみが背中合わせであるということは、葬式の折などで知ってはいるが、怖ろしさとおかしみも紙一重であるというのは、人生の一大発見であった。

城への道すがら、小源太は肚《はら》の底からこみ上げる笑いを押しとどめることに苦慮した。

「神隠し、か。まあ、天狗のなせるわざとなれば、わしの責任も問われはすまい。しかしのう、神隠しかよ」

本多修理大夫は御旗本を絵に描いたような謹厳実直の士である。この人物にそうした結論を告げるのは心苦しく、言下に怒鳴り返されそうな気もしたのだが、どうやら本人も理詰めの消去法によってそれを考えぬでもなかったらしい。「しかしのう、神隠しかよ」という捨て鉢の物言いは、ばかばかしいがほかに考えようのない苦渋に満ちていた。

「おぬしは簡単に申すがの、若年寄様にかくかくしかじかと物申すわしの身にもなってくれ。わかるか、長尾。わしは明日の朝にでも、いそいそと表向の御用部屋に参ってだな、むろんおぬしなどは知ろうにも知るまいがの、そこは御殿も奥深くの、御黒《おくろ》書院《しょいん》やら御座之間にほど近いあたりじゃぞえ。上様のお息づかいも聞こえるばかりの、折上《おりあげ》天井に金襖《きんぶすま》の十五畳にちんまりと座ってだな、折しもただいま御勤番の若年寄というたら、ちっとも若うはない本物の年寄りの、森川内膳正《ないぜんのしょう》様だぞ。あのお方はの、縦のものが横になっておってもくどくどと叱言《こごと》をたれるのだ。その内膳正様の向こう前にちんまりと座って、わしが何と言う。拙者配下の二十五騎組のうち、御与力役横山四郎次郎なる者、大手三之御門大番所より、天狗に拐《さら》われましてござりまする、かよ。ああ嫌だ。いっそ腹でも切ったほうがましというものだ」

御組頭の口から愚痴など聞くのは、むろん初めてである。もともとが理路整然とした人物であるから、説明のつかぬことを言わねばならぬ苦痛は察して余りある。

「ともかく今いちど考え直してみよう。長尾、供をいたせ」

小源太は御組頭に従うて大番所を出た。すでに日は昏れ、渡櫓《わたりやぐら》の屋根には糸のような眉月がかかっている。それでも玉砂利と白壁に囲まれた御門内は、二十五騎組の徽旗《しるしばた》もはっきりと見えるほどに明るんでいた。

「よいか、長尾。おぬしのいぬ間にわしが検分したことを言う。もし何かしら思いついたなら、いちいち申せ。まず御城内に向こうてだが」

御組頭は石畳に足を止めて、城内に通ずる左右の御門を指さした。

「御本丸に通ずる中之御門は御持組《おもちぐみ》、右手の二の丸御門は大御番組《おおごばんぐみ》が固めておる。上番士に横山の知り合いはおるか」

「いや」と、小源太はにべもなく答えた。横山の交友なら知悉《ちしつ》している。御持組とは将軍の持筒《もちづつ》や持弓を管理する武方で、その与力役は百人組と同格ではあるけれども、横山の知人がいるとは聞いていない。ましてや二の丸御門の大御番組は、戦時には徳川の先鋒を務める御旗本の精鋭である。こちらは平番士といえども格がちがう。

いずれの門内にも番所があり、夜詰の番士が控えているのだし、石垣は隙間に指も入らぬ切石積なのだから、攀《よ》じ登ることなどできはしない。つまり大番所のある空間は、三つの門と高石垣で密閉されているのである。

「かと言うて、大手から城外に脱け出られるはずもなし――」

御百人組が護る大手三之門の外には濠がめぐっており、下乗橋の向こうが大手御門となる。大手の護りは旗本御家人ではなく、十万石以上の御譜代大名と定められている。月番は小倉十五万石小笠原大膳大夫である。その大手の外も濠であるから、城外に出るには見知らぬ小倉藩兵の固める大手御門を霞《かすみ》のように通り抜けるか、さもなくば二つの濠を飛び越えでもしなければ不可能ということになる。

「で、神隠しというわけか」

門と石垣に囲まれた夜空をぐるりと見渡して、本多修理大夫は深い溜息をついた。

「御組頭様――」

ふと思いついたとたん、小源太は御組頭の羽織の背を押した。

「どうした、長尾」

「やはり神隠しではござりませぬ」

大番所の裏に回り、石段を駆け登った。鉄砲隊である御百人組が護るそのあたりの塀には、濠に向かってずらりと狭間《はざま》が並んでいる。いざというときには同心たちが石段を駆け登って筒先を並べるのである。

御組頭は狭間から濠を覗き、塀を仰ぎ見た。

「やはり無理であろうよ」

いや、と小源太は龕灯《がんどう》を並べたようにほのかな星明りの差し入る狭間の果てを指さした。彼方に帯を解いたような太い光が見える。大砲《おおづつ》を撃つために去る年ひとつだけ狭間を押し拡げたのだが、この石段の上にどうやって大砲を持ち上げるのだと、同心たちが物笑いの種にしていた。

「よもやとは思うがの」

と、御組頭は疑わしい足どりで土手の上を歩き、大砲狭間から濠を覗きこんだ。とたんに目が眩んだと見えて、身震いしながら首をひっこめる。

「無理であろうよ」

「いや、お聞き下されませ。横山が婿養子であることはご存じでござりましょう」

言ってしまってから、小源太ははっと口を噤《つぐ》んだ。御組頭も境遇は同じである。

「婿養子はわしもおぬしも同様であろうよ。それがどうかしたか」

「これはご無礼を。いや、横山の実家は御徒士組《おかちぐみ》でござりまする。御徒士の務めは多々ござりまするが、水練もそのうちで――」

あっと御組頭は声を上げ、もういちど濠を覗きこんだ。

「おお、すっかり忘れておった。つい先日も上様は大川端までお成りになり、御徒士組の水練をご上覧あそばされた」

「さようにござりまする。しかして御徒士の子弟は幼少のころより水練に励みまする。実は拙者の倅《せがれ》も横山から水練を学びましての。からきし金鎚《かなづち》の拙者は、大川土手からはらはらと見守っており申したが、いやはや横山の達者なことというたら、抜き手を切って右に左に、まさしく河童のごとくでござりました」

御組頭は大小の刀を腰から抜き取ると、下げ緒を柄に巻きつけて脇に抱え、袴の股《もも》立《だ》ちを高く取った。

「おやめなされませ」

「ばかもの。わしとて金鎚じゃわい。なるほど、河童であればここからこうしてざんぶと飛び込み、濠をぐるりと泳ぎ切れば城外に出られる」

「はい。御徒士は具足に身を鎧《よろ》ったまま、数里も泳ぐそうでござる」

「それにしてものう――」

と、御組頭はいささか気の抜けた声で呟いた。

「勤番中の行方しれずとあっては、ともかくお届けはせねばならぬ。まさか大砲狭間から濠へざんぶ、とは言えまい」

御組頭の顔色を窺《うかが》いながら、小源太は耳元に囁いた。

「しからば、神隠しということで」

鷲のごとく謹厳な顔をさらに険しくして、本多修理大夫は肯《うなず》いた。

「さよう。横山四郎次郎は神隠しに遭うたのじゃ」

二十五騎組の勤番が明けたあくる日、すなわち横山四郎次郎が行方しれずとなってから五日目のことである。

四谷太宗寺の界隈は夜も明けやらぬ六つ前から、上を下への大騒動となった。番明けで朝寝を決めこんでいた与力同心は寝巻のまま辻に飛び出し、女子供はことさら騒ぎ回り、しまいには内藤駿河守の下屋敷から火消しまで繰り出す有様である。それも一番手、二番手が火事よりも大騒ぎをするものだから、とうとう三番手の大殿様までが騎馬装束でご出動になった。

むろん、火事ではない。行方しれずの横山四郎次郎が、役宅の門前にばったりと倒れていたのである。

神隠しの噂は知らぬ者がなかった。いや、それは噂というよりすでに公然たるもので、つまり与力同心の女房たちは横山の妻を先頭にして、「帰せ、戻せ」と呼ばわりながら太鼓を叩いて近在を練り歩いており、横山の御隠居は老体に鞭《むち》って天狗信仰で名高い大山《おおやま》相模坊へ、意を受けた中間は天狗が住まうという上野《こうずけ》の迦葉山《かしょうざん》に詣でていたのであった。

ただでさえそのような騒ぎの折に、まるで天から降り落ちてきたように件《くだん》の四郎次郎が、屋敷の門前にばったりと倒れていたのである。

女房たちは白無垢に白襷《たすき》をかけて門前に並び、西の大山と北の迦葉山に向いて「ありがたや、ありがたや」と太鼓を打ち鳴らした。

四郎次郎の身なりは、五日前に消えたときと同じ勤番装束で、大小の刀もそのまま差していた。空飛ぶ天狗から投げ落とされたにしては、乱れた鬢《びん》のあたりにかすり傷があるばかりで、むしろよろぼい歩いて屋敷にたどり着き、ばったりと倒れたはずみについた傷のようでもあった。

古来の言い伝え通り、四郎次郎には何の記憶もなかった。

やがて報せを受けた御目付が馬を駆ってやってきた。息を吹き返した四郎次郎の寝床を囲んだ者は御目付のほかに、御組頭の本多修理大夫と朋友の長尾小源太、もうひとりさほど関係はないのだが、大仰な火消装束のまま引っこみのつかなくなった内藤の大殿様であった。

しかし、いかな訊問をしようと本人にまったく記憶がないのでは埒《らち》があかぬ。

とつとつと語るところによれば、夜詰の御役中に「四郎次、四郎次」と呼ぶ声を聞いて番所を出たとたん、突然目の前が真暗になり、あとは何もわからぬという。背中から皮衣を被せられたようでもあり、殴られて昏倒したようでもあり、ともかく我に返ったときには門前に腹這っていて、手足も動かせぬまま細い声を絞って人を呼ぶほかはなかった。

五日も経っているなどまったくもって信じられぬと、四郎次郎はうつろな目を瞠《みひら》いたまままくり返した。

「面妖なこともあるものだ。しかしまあ、神隠しというものならば、このさきあれこれと詮議《せんぎ》を致しても仕方なかろう」

御目付は何となくぞんざいに供述を書き留めると、御城に戻って行った。

「ともあれ無事でよかった。のちほど祝儀の樽でも届けようぞ」

内藤の大殿様はその顔つきからすると、どうやらただの野次馬であったらしい。

御組頭はしばらく腕組みをして、四郎次郎のやつれた顔を睨みおろしていたが、やがて小源太に思わせぶりの目配せをして去ってしまった。終始無言のままであった。

横山四郎次郎は依然として、ぼんやりと天井を見上げている。手足もまだ自由はきかぬふうである。

さてどうしたものかと思案した末に、小源太はやおら片膝立って刀を抜き放った。えいと気合もろとも、寝床に仰向いた額をすれすれに横薙ぎし、返す切先を眉間めがけて振りおろしたとたん、四郎次郎はくるりと身を翻して枕元の刀架に手を延ばした。

思った通りである。

「何をする、小源太」

刀を抜き合わせようとして、四郎次郎はうろたえた。小源太は苦笑して刀を鞘《さや》に収めた。

「つまらぬ芝居はたいがいにせえ。ともかく寝ろ。貴公は神隠しに遭うて、いまだ手足が動かぬのだ」

それから小源太は、廊下の外にひとけのないことを確かめ、再び仰臥した四郎次郎の顔を息がかかるほどに覗きこんだ。

「のう、四郎次。わしとおぬしは、同じ年に婿入りをして、他言無用の愚痴を言い合うた仲ではないか。嫁ならば盆暮の里帰りも産み月の宿下がりもできるがの、入婿のわしらにとっては、下谷の御徒士屋敷も牛込の御先手屋敷も、もはや帰る里ではない。

そんなわしらが、対《むか》い屋敷に住もうてかれこれ二十年も愚痴を言い合うた。それが今さら神隠しじゃなどと、水臭いではないか」

息を詰めたまま、唇をわなわなと震わせたと見る間に、四郎次郎は咽《のど》を鳴らして噎《むせ》んだ。

「いったい何があったのか、わしにだけは言うてくれ。けっして他言せぬゆえ」

少しためらってから、四郎次郎は悲しげに呟いた。

「おぬしの、妻御どのにもなあ」

「当たり前じゃ。入婿とは申せ、わしらは二十五騎組の馬上与力ぞ。いざ戦に出て、ともに死するは妻《さい》ではあるまい」

四郎次郎が噎びおえるのを待って、小源太はその口元に耳を寄せた。

小源太やい。聞いてくれるか。

たしかにおぬしには、言わでもの愚痴まで言い続けて参ったがの。しかしこればかりはどうしても口にできなんだ。わしとて侍じゃから、いかな朋友とて耳に入れたくはないことのひとつぐらいはあるよ。

わしは悩み抜いた。悩みに悩んだあげく、思いついたのが神隠しというわけだ。どう考えたところで、天狗様の仕業とするほかに手だてはなかった。

わしの生い立ちや実家のことは、何でも知っておろう。しかし、ひとつだけおぬしに言うてないことがある。今さら聞いてくれるか。

あのなあ、小源太。わしには婿入り前に、しんそこ惚れ合うたおなごがおったのよ。下谷の薬種問屋の娘での、名をお咲《さき》というた。

御徒士の禄は七十俵五人扶持と一律に定まっており、わしの家は男子ばかり四人も息災に育ったので、暮らし向きは楽ではなかった。お咲はひとり娘だ。末ッ子のわしなど、次兄から順ぐりに養子の口を探したところでお鉢が回ってくるとは思えず、ならばいっそ商家の跡取りに出してしまえというわけで、定め事こそかわしてはいなかったが、二人は公然たる許婚《いいなずけ》のようなものじゃった。幼なじみでもあり、十六の歳から四年ごしの恋仲だ。

ところがその四年ばかりの間にわしの家では、惣領の兄が急な病で亡《の》うなり、次兄が家督を継ぎ、すぐ上の兄が同じ御徒士組の婿養子に出ての、よもやと思うそばから二十五騎組の横山の家から、わしにまで入婿の話が参ったというわけよ。

お咲にはしんそこ惚れておったが、わしとて御家人の子じゃ。迎えてくれる家があるなら刀を捨てとうはない。

わしは惚れたおなごを捨てた。卑怯者か。いや、やはり道理であろうよ。むしろわしは、横山の家に婿入りしたならせいぜいお勤めに励んで立身出世を果たし、お咲を妾に迎えようと思うた。

おぬしの実家の御先手組はどうか知らんがの、御徒士というのはあんがい御側衆やらの目に留まって、思いがけぬ立身をする者がおるのだ。お成先《なりさき》の道固めやら、若様姫様のお供やら、作事方や小普請や書物御用やらと、能力に応じた多様の出役《しゅつやく》があるでの、使えると思えば抜擢される機会に恵まれておるからだ。よろず何でも御徒士役の、それは役得というものであろう。

御徒士ですら出世する者があるのだから、由緒正しき二十五騎組の与力ならば尚さらのことであろうとわしは思うておった。ところが、甘い甘い。御百人組四組のお勤めは、今も昔も大手三之門の番役で、戦手柄でも立てぬ限りどなたかのお目に留まることなどありはせぬ。まあ、御百人組に限らず、武役とはそういうものだ。名誉はあるがの。平時の武役は地味に家を護るほかはない。

　ましてや婿養子の分際で妾などとんでもない。女房はあれよあれよという間に二男一女を挙げ、これでは跡目にも事欠かぬ。

　ところで、文化の酉の年の大火事を覚えておろう。あれはわしらが婿入りしてからじきのことじゃった。あの大火で、下谷の界隈は丸焼けになってしもうた。

　わしの実家も焼けてしもうたがの、しょせん借り物の御徒士屋敷など焼けたところでそうは困らぬ。しかし商家にとっては災難だった。聞くところによれば、火元に近かったお咲の家は蔵まで残さず焼けて、家産をことごとく失うたそうだ。

　不憫《ふびん》とは思うたがの。むしろ未練は吹っ切れて、お咲とは縁がなかったのだと思い定めた。

　しかし、惚れたおなごは忘られぬものよのう。折ふしに思い出しては、夢に見ることもしばしばじゃった。

　長い歳月がたち、お咲のおもかげもすっかり干からびてしもうたつい先日のこと、わしは悪い噂を耳にした。

　塩丁《しおちょう》の長屋に住まう、道庵《どうあん》という蘭方医を知っておろう。そうじゃ、飲んだくれだがめっぽう腕はよいと評判の、あの医者だ。拙宅の婆様が贔屓《ひいき》にしておっての、何でも道庵はおなごの体を診《み》させたら天下一という話で、月に一度は内藤新宿の岡場所にまで出向いて、妓《おんな》どもの体検《あらた》めもしているそうだ。道楽者の若侍や町衆が、このごろ遊びというと新宿に通うておるのは、道庵のおかげで下《しも》の病にかかることがないからだという。

で、婆様の薬をいただきに参ったあるとき、道庵から内々に悪い話を聞いてしもうたのよ。

もしまちがいであったら御免下さいましよ、と道庵は前置きをしてわしに言うた。

「ご無礼をお訊ねいたしますが、横山様は下谷のお生まれではございませぬか」

いかにも、とわしが答えると道庵はまるで病の虫を探り当てでもしたかのように、深く肯きおった。いやァな予感がしたな。

「ならば、お咲というおなごの名にお聞き覚えがござりましょう」

まさか嘘は言えぬ。しどろもどろでわしは、そのおなごならかくかくしかじか、かつての許婚であったなどと、言わでものことまで言うてしもうた。あわてたわけではない。もし道庵がお咲の消息を知っているのなら、遠慮せずに言うてほしいと思ったからだ。

「しからば横山様。わしは患者の頼み事をありていにお伝えするが、もとより御与力様にああせいこうせいと申すわけではござりませぬ。そのあたり、よろしいか」

そう言うて、道庵は悪い話を始めたのだ。

ああ、こうして口にするのもおぞましい話だが。

お咲はの、岡場所の女郎に身を落としておったのよ。齢はわしよりひとつ下じゃから、三十七にもなる。せめて吉原にでも売られていたならば、あの器量よしゆえ若いうちに身請け話のひとつやふたつはあったであろうがの。場末の女郎屋には、懐に余裕のある者など上がるまい。

で、長い客取りの無理がたたって、腹の奥に悪腫ができてしもうた。あの容態では日を算《かぞ》えるほどしか保《も》ちはするまい、と道庵は言うた。

どうした話のはずみかは知らぬが、お咲は道庵に身の上を語ったのだそうだ。そしてあらましを泣きの涙で語りおえてから、しみじみとこう言うた。

「もし仏様が今生《こんじょう》の願いをひとつだけ聞いて下さるんなら、しんそこ惚れたただひとりのお人に、死に水を取ってもらいたい」となあ。

医者というのも難儀な商売だな。そうと聞いては知らぬふりもできず、その惚れた男の名を聞き出したというわけよ。

「どこで何をしているか、わかっちゃいるんですけどねえ。わかっちゃいたって、今じゃあ雲の上のお侍さんですから。そのお人はあたしをうっちゃって、四谷の御家人様のお屋敷に婿入りしちまったんですよ」

四郎次郎という珍しい名を聞いて、道庵は仰天した。月に一度は生さぬ《な》仲の婆様を背負うてやってくる、二十五騎組の婿養子にちがいない。しかしそう思い当たっても安請合いをしなかったのは道庵の見識というものだ。わしはこの通りの朴念仁で女郎屋の敷居などはまたいだためしもない。ましてや内藤新宿の岡場所に二十五騎組の与力が上がったと御目付役に知れれば、まさか切腹とまではいかぬが、蟄居《ちっきょ》押し込めぐらいの御沙汰はあろうよ。

そこで道庵は、聞き流すふりをして帰ってきたというわけだ。

せめてそのまま肚の奥にしまいこんでくれればの、わしとて神隠しになど遭わずにすんだのだ。だが道庵は、酷い話を身のうちに納めるわけにはいかなかったのであろうよ。どうやら今生の願いを聞き届けるというのも、名医の仕事のうちであるらしいわい。

人にはそれぞれの責任というものがある。明日をも知れぬ病人から今生の願いを聞いてしまったからには、おのれの裁量においてできることをするのが医師の責任というものであろう。しかして、武士は武士の責任においてだな、聞いてしもうたことを知らぬ存ぜぬとは言えぬ。

さんざんに思い悩んだあげく、わしはお咲の死に水を取ろうと決めた。道庵も命をかけて手引きをすると言うてくれた。

さて、どうする。

二十五騎組はほどなく大手三之門に御上番、お咲の命はどう考えても下番までは保たぬ。ましてや上番のまぎわは何やかやと物入りで、いかような理由があろうと屋敷を勝手に留守するわけには参るまい。

この足でちょいと、と道庵は道理の提案をしたのだがの。ことがことであるだけに、ちょいとのついでではわしの気がすまぬよ。

さよう。わしはそのとき、おのれの怯懦《きょうだ》を心から恥じ入ったのだ。わしは、おのが立身のために、惚れたおなごを捨てた。本来ならば婿入り話などには背を向けて、相対死を果たすなり、手に手を取って駆け落つるなりするのが人情というものであろう。しかしわしは、非人情にもお咲を捨てたのだ。

わしはの、小源太。お咲を気の毒に思うたわけではないよ。男ならば男としての務めを果たさねばならぬと思うた。お咲を捨てた罪の上に、男としての矜《ほこ》りまで捨つる罪を重ねてはならぬと思うたのだ。

できうることなら、お咲とともに死ぬのが道理ではあろうがの、それでは横山の家が立ちゆかぬ。しかるにわしのできうることといえば、せめて死に水を取るばかりではなく、息の上がるその一瞬まで、お咲のかたわらに寄り添うておることであろう。ちょいとのついでではは気がすまぬと申したのは、つまりそういうわけなのだよ。

さて、どうする。

息の上がるときまで付き添うとなれば、そう都合よく人が死ぬるわけではあるまい。今生の願いが叶うたとたんに思わぬ力が湧いて、あんがい保ってしまうということもあろう。

話に無理がありましょう、と道庵は言うたが、わしは譲らなかった。

二人してあれこれ思い悩むうちに、妙案が閃《ひらめ》いた。人間、考えて考えつかぬことはないと思うたな。

さよう。神隠しじゃ。神隠しならば、何日失踪していようがかまうまい。大の男が天狗に拐われるなど、きょうび誰も信じはすまいよ。しかし、そうとしか思えぬという舞台を誂《あつら》えればよいのだ。

女房も朋友のおぬしも、御組頭様も御目付役様も若年寄様も、誰の目から見たところでそうとしか思えぬ舞台というなら、密閉された大手三之御門内の夜更けしかあるまい。与力失踪のあらゆる可能性を考えつくしたあげくに、まったく不明という結論に至れば、天狗様の仕業とするしかあるまいて。

それにの、小源太。神隠しならば誰に迷惑もかかるまい。これ、怒らずに聞いてくれ。むろん迷惑は迷惑だが、この一件で誰が責任を問われるわけでもあるまいよ。その証拠に、おぬしと御組頭様はすでに神隠しなどではないと知っていたではないか。にもかかわらず神隠しとして届け出たのは、そのほかの何であっても責任が生ずるからではないのか。

むろん、おぬしと御組頭様は真相をつきとめるかもしれぬとは思うたよ。御組頭様は明晰なおつむをお持ちだし、おぬしはわしが水練に長じておることを知っている。

しかし、動機まではわかるまい。動機はさておき事実だけを究明しようとしてもだな、それは上司として朋友としての責任の所在を、みずからあからさまにするようなものだから、公然と口にできることではなかろう。すなわち、神隠しとするほかはないのだ。

足元を見おって、か。

たしかにわしは御両人の足元を見たな。だが、それのどこが悪い。しょせん御城勤めなどというものは、たがいの足元を見ながら精妙なる均衡を保ち続けるものだ。その術にたけている者を、有能な侍というのであろうよ。それでもおぬしはわしを責むるか。責むる相手はわしではなく、千年の世にわたる武士の闇、二百五十年に及ぶ御城の闇であろうよ。

わかるか、小源太。その闇の夜空を、いもせぬ天狗様が翔《か》けただけの話じゃ。

わしは、道庵の手引きで内藤新宿の女郎屋に上がり、お咲と対面した。

御濠を泳ぎ切った濡れ鼠のなりで、やつれ果てたお咲の手を握り、「許せよ」と言うたとたん涙がこぼれた。

お咲は言うてくれた。

「二十五騎組の御与力様が、宿場女郎に涙なんぞ流しちゃなりません。しゃんとしておくんなさんし」

わしはのう、小源太。そのとき泣き濡れた瞼の裏に、ふしぎなまぼろしを見たのだ。元和《げんな》の卯の年の戦場に、われら二十五騎組が筒先を並べていた。大坂の天守にはすでに火の手が上がっていたが、攻めくる敵はつわものじゃった。

「怯《ひる》むな、弾こめ控え銃《つつ》、先駆けに前へ」

御組頭様は馬上に采配をふるうと、御先手組にも大御番組にも先駆けて、硝煙の中を突進した。わしもおぬしも後れてはならじと馬をせかせた。

二十五騎の与力も、百人の鉄砲同心もみな泣いておった。怖いからではなく、夏の陽に灼けたまなこのせいでもなかった。徳川の先陣を駆ける矜りが、涙のほとばしり出るほどにわれらの胸をゆるがせていたのだ。ましてやこの大坂の陣を終《つい》の戦として、太平の世が開かれるのだ。

「おのおのがた、死するは今ぞ。天下万民のために死するは、三河武士の矜りぞ」

おぬしは馬上に手槍を振りかざしながら、横並びに駆ける与力たちに向こうて叫んだ。

さよう、けっしてまぼろしではない。その光景はたしかに、遠い昔のわれらが父祖の見た戦場の有様に違いなかった。血の中にとどめられ伝えられた先駆けの記憶が、そのときふと甦ったのだ。

婿養子に血脈などあろうものかと、おぬしは言うであろう。しかしな、小源太。わしらは婿となって、父祖の身にまとった具足を譲り受けたとき、遥かな記憶もまたともに頂戴いたしたのだと思う。

父祖が命をかけて手にした太平の世には、もはやわれら武方の活躍する場所はない。御勤めに命をかけるということも、とうに忘れてしもうた。

だが、わしは命をかけた。お咲がわしに、武士の本分の何たるかを、教えてくれたのだよ。そして命をかけたわしのまなこからは涙がこぼれ落ち、その涙のうちに父祖の記憶が甦ったのだ。

「許せよ、お咲。わしはおぬしと刀とを、秤《はかり》にかけてしもうた」

お咲はにっこりと微笑んでくれた。

「あたしはちっちゃいから、刀より軽くてあたりまえ。ありがとね、四郎次さん」

それきりお咲は、深い眠りに落ちてしもうた。笑みを含んだなごやかな顔で、四日四晩をやすらかに眠り続けたあげく、ようよう息を止めたのはきのうの夜更けであった。

道庵は歩みもままならぬほど衰弱したわしの手を引いて、夜の明けぬうちに屋敷の門前まで送り届けてくれたというわけよ。

神隠しの種明かしはこれですべてだ。わしの行いが了簡ならぬというのであれば、斬ればよい。あるいは御目付にありのままをお届けしてもかまわぬ。

わしは武士の本懐をとげたと思う。さる元和偃武《えんぶ》以来、それのできた数少ない侍のひとりだと思えば、惜しむ命ではないゆえ。

小源太やい。

神隠しもいいものだぞ。

千駄ヶ谷の御鉄砲場に銃音《つつおと》が谺《こだま》する。

信濃町の丘から下った谷地《やち》のこのあたりは、昔から百人組の鉄砲場である。よしんば撃ち損いの弾が土盛を越えても、その先は墓地と田圃であるから心配はない。

「撃ち方やめい。同心は的の弾拾い、しかるのちに弁当じゃ」

采配をふるってそう命ずると、御組頭は緋羅紗《ひらしゃ》の陣羽織の肩を揺すって歩み寄ってきた。重陽《ちょうよう》の節句も過ぎたというのに、秋風の立つ気配はなく、正中にかかった太陽は木立ちの翳りのない射場の土を容赦なく灼いている。

「この照りようでは、照門がぼんやりとしてしもうて、稽古にもならぬわな。早めにしまいとするか」

将几《しょうぎ》に腰をおろすと、御組頭は陣笠を脱いで月代《さかやき》の汗を拭《ぬぐ》った。中間が提げてきた水を柄杓で掬《すく》い、咽を鳴らしてうまそうに飲みほす。

「ときに長尾。神隠しは本復したか」

「はい。けさからは粥《かゆ》もやめにして、白飯を食うていると妻御どのが申しておりました」

「さようか。それは祝着《しゅうちゃく》なことだ」

御組頭は意味もなく手庇《てびさし》をかざして、射場をめぐる欅《けやき》の森を眺めた。人間どもの営みを嗤《あざわら》うかのように、秋を信じぬ油蟬の声がかまびすしい。

横山四郎次郎の告白は、御組頭にだけ洗い浚《ざら》い伝えてある。むろん今さら御目付に届け出るわけはなく、話はそれきりになっていた。

「飲むか。今しがた内藤の大殿様が手ずからお届け下さった水ゆえ、冷とうてうまい」

「駿河守様が、手ずから」

「矍鑠《かくしゃく》たる御隠居じゃから、暇で暇で仕様がないのであろうよ。そのうちわざと火付けでもなさりはせぬかと、不安でならぬわい」

なるほど水桶には、下り藤の御家紋が描かれていた。

「少しも気付きませなんだ。ご無礼をいたしましたな」

「なになに、あのお方のご酔狂にも困りものだ。今しがたも奴《やっこ》のなりをして、水桶を天秤棒に担いでおでましになった。ご無礼どころか、呆れて物も言えぬわ」

「では、頂戴いたします」

小源太は将几のかたわらに傅《かしず》いて手桶の水を飲んだ。内藤邸の井戸水は近在でも評判の名水である。たしかにうまい。

「ところで小源太。寒うならぬうちに、横山から水練を習おうと思うのじゃが、おぬしもどうじゃ」

「水練でござりますか。それでしたら拙者はご遠慮——」

つかまつります、と言わぬうちに柄杓を握った小源太の手は止まった。

「いや、おぬしもともに習うてもらわねば困るのだ」

小源太は水を噴き散らして噎せ返った。

「それは、どうしたわけでござりまするか。よもやとは思いますが、御組頭様」

「声が高いぞ、長尾」

御組頭は奪い取った柄杓で、小源太の頭をぽかりと叩いた。

「実はの、以前おぬしにはこっそり話したと思うが、上総《かずさ》の采地《さいち》に隠しておる娘が、ちかぢか嫁入りする運びとなっての」

「ほう、娘御が嫁に」

「さよう。産まれたと聞いたときには嬉しゅうて嬉しゅうて、ついおぬしにしゃべってしもうた。その娘も、はや十六じゃ」

「それはぜひとも、お父上がお送りせぬわけには参りませぬな」

「道理であろうよ。わが家はむさくるしい伜が二人、娘のかわゆさかげんは比べものにもならぬわい。わしは行くぞ。さりとて采地に出向く用事もなし、へたに嘘でもつこうものなら妻《さい》は勘を働かせる。しかるに、わしは水練を習うて天狗に拐われることにした。祝言も次の御勤番に合わせてある。後のことはよろしゅう頼んだぞ、よいな長尾」

小源太はとっさに指を折った。二十五騎組の次の上番月といえば、師走である。

「冬に御濠を泳ぎ渡るのは、いかがなものかと」

御組頭は謹厳な顔を陽ざかりの空に向けた。

「そうも思うが、祝言を来年の夏まで延ばすわけには参らぬ。恥ずかしながら、やや子ができてしもうたゆえの祝言じゃ。それに――」

遥けき空を見上げたまま、御組頭はしみじみと言った。

「できうることなら、わしも命とやらをかけてみたい。娘には親らしいことを何ひとつしてはやれなんだでな」

陣羽織の立襟を抜いてうなだれると、御組頭はきつく目をつむった。乾いた砂埃が、さあと音を立てて吹き過ぎた。

それではなにゆえ自分まで水練を学ばねばならぬのであろうか。訊ねようとして、小源太は口を噤んだ。

思慮深い御組頭様が、秘密を分かち合うという理由だけでそのようなことを勧めるはずはなかった。

捨てたおなごもなく、隠し子もいるわけではないけれど、いっとき神隠しに遭うてでも果たさねばならぬ責任は、いくらでもあると思う。忘れ去っていること、勝手に葬り去ってしまった物事のくさぐさを、屋敷に戻ったら思い返してみるとしよう。

それに――御組頭様も同じ気持ちだと思うが、横山四郎次郎が見たという合戦のまぼろしを、ぜひこの目で見てみたいものだ。

鉛弾を拾いながら、砂埃の中を同心たちが這い戻ってくる。この百人の足軽たちの体にも、大坂の夏の陣を先駆けたつわものの血が流れているのだと思うと、小源太の胸はわけもなく熱くなった。

「修理様は、いい御大将《おんたいしょう》にござりますなあ」

聞いたとたん、はにかむように苦笑して、御組頭は将几から立ち上がった。

「馬曳け」

水場に向かって御組頭が命ずると、馬回りの若党がたちまち手綱を曳いて走ってきた。

「何をなされまするか」

「胸が腐ってしもうた。渋谷あたりまで野駆けをする。おぬしも供をせい」

水場まで走って馬に跨《また》がれば、本多修理大夫の赤い陣羽織は、すでに彼方の草むらに消えかかっていた。

＊

こうして物語をひとつ書きおえると、私は書斎から脱け出してどこかへ行く。さしあたって行くあてなどないのだが、とにもかくにも現実に身を浸して、魂を物語の世界から呼び戻さねばならない。

だが不幸なことに、私はそんな折にも携帯電話機を持っているのである。こういうときこそ神隠しに遭ってしかるべきであるのに、現代の御家人はその奥の手も使えなくなった。

私が夜の町をあてどなくさまよっているときですら、事務室にはファクシミリを通じて矢弾のごとく文書が飛来し、コンピュータにはメールが送りつけられてくる。緊急を要する用件については、情容赦《なさけようしゃ》なく携帯電話が鳴る。ところで、御組頭の本多修理大夫は、身も凍えるお濠にざんぶと飛びこんで、無事に娘の嫁入りをおえたであろうか。馬上与力の長尾小源太は、封印していた良心の箱を開けて、果たさねばならぬ責任に命をかけることができたであろうか。

魂が呼び戻せぬまま、あれやこれやと考え続ければ、物語は途方もなく膨らんでゆく。

失踪事件も三度続けば、怪しむ者もいるであろう。しかし、おそらく真相が露見してもお咎めはない。そのかわり、さらなる失踪が続く。天狗は大繁盛である。

まずまっさきに真相をあばくのは、御家人の監察たる御目付役で、彼は詮議をせずに自ら神隠しに遭う。その次は「縦のものが横になっていてもくどくどと叱言をたれる」若年寄の森川内膳正であろう。彼は若年寄とはいえ本物の年寄りであるから、神隠しと称して匿《かこ》い女の家に居続けたのはよいが、あえなく腹上死を遂げてしまう。その意外な事実を隠蔽しようと工作したのが、御同輩の内藤駿河守で、彼は暇を持て余す隠居であるから、ものすごく大がかりで手の込んだ神隠し劇を演ずるのである。大名の悪事をあばくとなれば御老中、ここまでくれば大奥の妻妾の角逐《かくちく》にうんざりとしている将軍がついに神隠しに遭うという大団円が待つ。

と、ここまで考えればその通りの大長篇小説に仕立て直せばよさそうなものだが、あいにくこの物語の主題は短篇にこそふさわしい。少々もったいない気もするがやめておくとしよう。

神隠し――不在の自由を失ってしまったわれわれにとって、それはたしかに魅惑的な言葉である。

しかし仮に、携帯電話機を捨ててそのアイデアを実行に移したとしても、横山四郎次郎のようにおのれの矜持《きょうじ》を奪還できるようなつわものは、今の世にはおるまい。

そう考えれば、なかなか他人事《ひとごと》とは思えぬこの物語も、一篇の昔話である。

安藝守《あきのかみ》様《さま》御《ご》難《なん》事《じ》

級友の某君が、さる大企業の社長に就任した。

数年前に最年少取締役となったばかりだというのに、先輩役員を二十人も飛び越えての大出世である。

才気煥発たる人物ではない。勉強はよくできたが目立たぬ秀才で、学校の行事やら生徒会やらで活躍するタイプではなかった。人生わからぬものだ、というのが親しい友人たちの悪意なき感想である。

そろそろ落ち着いただろうと思われる夏の盛り、祝儀の角樽を提《さ》げて某君宅を訪ねた。いかにも社長の休日という体《てい》の、上品な白地の浴衣に三尺帯を締めて、某君は快く私を迎えてくれた。

蘭の鉢に囲まれた座敷で向き合えば、人生わからぬどころか、抜擢という言葉すら適当ではないと思うほど、某君の居ずまい物腰には貫禄が備わっていた。心なしか、茶を運んできた夫人までもが、かつて知ったる女房とは別人の奥方に見えた。

「誰が驚こうが、一番びっくりしたのは俺だよ」

と、某君は本音を口にした。当人ですらまったく寝耳に水の人事であったらしい。理由の第一は世代の交替で、それをなすにあたっては頭数の多い団塊の世代を、一気に飛び越してしまったほうがよかろうということになったのだそうだ。

社長候補として彼の上位にあった役員たちの多くは、この団塊世代である。組織の見識を信じたいところだが、彼の本性を知る者からすると、いささか不安を感ずる。突出することを好まぬかわりに、拒むことの不得手な性格なのである。つまり世は底知れぬ不景気で、社業もこの先どう転ぶかわからぬ昨今、実は社長になりたい人間などいないのではなかろうかと私は疑った。

社長のお鉢は先輩役員の間を次々とめぐり、誰もが拒否したあげくに、ちんまりと末席に座る彼の膝元に回ってきたのではあるまいか。

「何が困るといったって、わからないことが多すぎるんだ。あちこちの部署を経験しているから実務は見えているんだがね、肝心の社長業というやつがまるでわからない」

某君の語るところによると、社長という仕事には実務のほかにさまざまの儀式性があって、たとえば顔つきとか物腰とか、人と対面するときの儀礼とか、思いもよらぬ作法があるらしい。

「つまらぬことほどとまどうんだ。粗相をしてはならない、とね。誰も教えてくれるわけではなし、訊《き》くわけにもいかない。しかも、みんなが俺を注視している」

もし某君に多少なりとも野心があったのなら、歴代の社長をそうした目で観察していたのだろうが、どうやら寝耳に水は本当であるらしい。

「なに、じきに慣れるさ」

と、私は無責任な励まし方をした。

*

殿様は走った。

老いた御側役《おそばやく》がぱしりと叩いた扇子の音を合図に、わきめもふらず駆け出した。

「あいや、しばらく、しばらく」

天を仰いで立ち止まると、御小姓が捧げ持ってきた手拭で汗を拭《ぬぐ》い、殿様は御側役を振り返った。

「さように玉砂利を蹴散らかすような駆け方はなりませぬ。お足音を忍ばせ、かつ速やかに、たとえば夜盗のごとくお駆けなされませ。では、今いちど」

殿様は砂利を踏んで広敷の縁先に戻った。

「暑うてかなわぬ。羽織を脱いでもよいか」

「いえ、なりませぬ。当夜はお羽織どころか肩衣半袴《かたぎぬはんばかま》のご装束にござりますれば、お楽なりでは稽古になりませぬゆえ」

そうは言われても、そもそもこれがいったい何の稽古であるのか、殿様には皆目わからなかった。

広敷の中庭のずっと先に御駕籠《おかご》が置かれている。芸州広島藩の藩主が乗る駕籠は、扉の大きく撥《は》ね上がる打上網代《うちあげあじろ》で、よその大名が用いる引戸に比べるとよほど立派であった。どうした謂《いわれ》があって御三家なみの駕籠を許されているのかは知らない。たぶん行列の先頭を行く二筋槍と同様、遠い昔に格別の御沙汰を賜わったものであろう。

陽ざかりの松枝《まつがえ》の下で、御陸尺《おろくしゃく》の奴《やっこ》がその御駕籠を斜《はす》に傾けている。駕籠は四人舁《が》きである。二人が前後の舁き棒を中腰に担ぎ、一人が打上を開き、もう一人が後ろから駕籠の尻を持ち上げていた。むろん下賤の者は殿様のお姿を見てはならぬのが定めであるから、四人とも難儀な格好のまま顔をそむけている。

「では、今いちど」

わけもわからずに殿様は、広敷に上がって下段の間に端座した。無人の上座に向かって頭を垂れると、御側役がぱしりと扇を叩いた。その音を合図に身を翻して座敷から駆け出す。

庭に躍り下りるや殿様は、夜盗のごとく足音を忍ばせて走る。刀はずっと握ったまま、走りながら脇差も腰から抜き出して束ね持つ。

そのまま二十間《けん》ばかりも疾走し、両刀を抱くようにして御駕籠に飛びこんだ。つまり殿様が飛びこみやすいように、駕籠は斜めに立てられて打上を大きく開けているのである。

今度はうまくできた。と思いきや、すかさず下ろされた打上戸に向こう脛《ずね》をいやというほど挟まれて、殿様は悲鳴を上げた。

しかし奴どもは悲鳴など聞こえぬふうに、ほいさっ、と声を揃えて駕籠を担ぎ上げた。殿様の片脚を剝き出したまま、駕籠はぐるりと庭をめぐり、広敷の階《きざはし》の下におろされた。

打上が開けられた。殿様は刀を抱えたまま、苦しげな格好で駕籠の中に仰向いていた。

「これでよいか」

小姓が濡れ手拭で脛を冷やした。

「おみ足が出ておりましたが、まあよしといたしましょう」

朝からの稽古の疲れがどっと出て、殿様はしばらく立ち上がることもできずに、駕籠の中から夏空を見上げていた。

わからぬ。これが何の稽古なのか、さっぱりわからぬ。

朝食をおえたとたん、側役が「本日は斜籠《はすかご》の稽古をいたしまする」と言った。わからぬと言うは、十四代安芸守《あきのかみ》の面目に関ると思い、「あいわかった。斜籠の稽古じゃな」と答えてしまった。するとたちまち、広敷の中庭に御駕籠が担ぎこまれ、わけもわからぬまま稽古が始まった。

御側役は段取りこそ懇切丁寧に教えるものの、肝心の目的は口にしない。小姓や側衆も、まるで剣術の稽古でも見るように当然たる顔であった。こうなるといよいよ、これが何の稽古であるか訊《たず》ねるわけにはいかず、殿様はひたすら額に汗し、息を切らして駆け回るほかはなくなった。

「大儀であった。一同ゆるりとするがよい」

殿様はようやく御駕籠から出て、小者の投げた草履をはいた。

草履取は二間三間も遠くから、ぽいと草履を投げる。それがまたうまい具合に、きちんと殿様の足元に揃う。本来ならお目通りなど叶うはずのない小者の仕事なので、見えていても見えていないという意味からそうするのである。

初めて草履を投げられたときには、何たる無礼者かと思った。しかしその意味もじきに悟ったのだから、斜籠の稽古が何であるかもやがてはわかるだろう。

階を登るとき、駕籠に挟まれた脛がずきりと痛んだ。

「大事ない。予の落度ゆえ、昇手《かきて》をとがむるな」

こういう言葉も添えておかねば、足を挟んだ御陸尺が首を打たれるやもしれぬ。

上段の間に着座すると、茶が運ばれてきた。さんざ苦労をした中庭に、油蟬がやかましく鳴いている。

側衆も小姓もみなどこかへ行ってしまい、殿様は茫々と広いばかりの大広間を眺めながら、ひとり茶を啜《すす》った。

も少し齢がいっていれば、世の中のしきたりもわかっていたであろう。あるいは江戸表で生まれ育った身の上であれば、これほど物事に疎《うと》くはなかったはずである。たしかに安芸一国、備後半国を領する浅野家の眷族《けんぞく》にはちがいないが、本家筋とは縁も薄く、よもや四十二万六千余石の藩主に就くとは夢にも思ってはいなかった。

殿様は稽古の折に座った下段の間に目を据えて考えこんだ。

その場所で上座に向かって拝礼をし、とたんに脱兎のごとく座敷から駆け出す。そして斜めに立てられた駕籠に飛びこみ、一気に遁走する。

わからぬ。いったい何の稽古なのだ。なおかつ側役は妙なことを言うた。

（いえ、なりませぬ。当夜はお羽織どころか肩衣半袴のご装束にござりますれば――）

夜分に裃《かみしも》を着けて、大名が広敷の下段に座るということが、そもそも有りえぬ。しかもその場から走って逃げるとは何ごとぞ。

考えこむほどに、殿様はたまらなく不安になった。下段での着座、そして遁走という事の次第は、何やら下剋上の大罪を犯すように思える。たとえば目上の者の誰かを弑《しい》して逃げるような。

そこまで想像すると、汗の冷えた肌にびっしりと粟粒が立った。身分からすれば、従四位上《じゅしいのじょう》少将安芸守を下座とする人物は、数えるほどしかいないのである。将軍、御三家、御三卿。御親藩ならば会津、越前、高松。御譜代《ごふだい》は彦根の一家のみ。外様では禄高に応じて、前田、島津、伊達。ほかには格別の儀式における、高家《こうけ》の諸流当主であろうか。

高家というなら、分家筋の浅野内匠頭《たくみのかみ》が高家の吉良上野介に切りかかった刃傷沙汰《にんじょうざた》が思い起こされて、いかに昔話とはいえ殿様の背筋は寒くなった。

いよいよもってわからぬ。

「誰かある」

殿様はたまらず人を呼んだ。はは、と答えて、御側衆の若侍が廊下ににじり出た。

「御住居《おすまい》様に参る。ただちに案内《あない》せよ」

若侍がとまどうのもかまわず、殿様は座を立った。

広島藩上屋敷は途方もない広さである。桜田御門から霞ヶ関まで、それこそ先は霞がかかって見えぬほどの海鼠塀《なまこべい》が続き、敷地はいったい何万坪あるかわからない。屋敷内はさながら迷宮のごとくで、国元に生まれ育ったのち初めて江戸表に出た折には、にわかにはそこがわが居館とは思えず、江戸城中だと勘ちがいしてしばらく身を固くしていたほどであった。

座敷の数は何百もあるのだろうが、表向の御座所と奥とを往還するばかりの殿様には、上屋敷の全容などわからない。むろん、知る必要もなかった。

長大な廊下を進めば、杉戸に鎖《とざ》された中奥である。殿様はいまだ独り身だが、この中奥にはあてがわれた妾がいる。なるほど美しい女だが、素性などよくは知らぬ。

中奥に続いて新奥と称する館があり、ここには十二代安芸守、すなわち血脈などほとんど無きに等しいが、系図上は殿様の祖父にあたる人の寡婦がおられる。尾州家からお輿入《こしい》れになった利姫《としひめ》様という大姑《おおじゅうと》である。しかし殿様は、無口で暗鬱なこの祖母とは誼《よし》みがない。形ばかり御機嫌を伺う程度の付き合いである。

新奥をさらに進むと、御住居である。この奥御殿はいくらか小高くなった地面の上に建つと見えて、新奥からは段を上がり、楓の葉の豊かに繁る橋なども渡る。

御住居様という姫君がおられる。まことに年齢不詳の御方である。正しく聞いたわけではないが、十一代将軍家斉《いえなり》公の御息女で、浅野家十一代安芸守、すなわち系図上は殿様の曽祖父に嫁せられた姫君であるという。

末姫《すえひめ》様という御名からすると、側室四十人、子女五十五人を算《かぞ》えたという家斉公の、晩年の御子であろうか。

なぜか殿様は、この御住居様と睦まじい。曽祖母であり、将軍家の姫君であり、齢もわからず最奥の御殿に住まわれているというその浮世ばなれしたかげんが、かえって殿様を安心させるのである。

早い話が、御住居様はその高貴さといいその御齢といい、人の世の度を越してまるで現実味がなかった。

御住居様もことのほか殿様を可愛がって下さる。

中奥から先に通ることのできるのは、殿様お一人である。

小橋を渡り、さらに段を上がると、三葉葵の紋銅《もんがね》を打った観音開きの大扉《おおど》がある。まるで神社の奥院である。

御夫君の在世中でも、御住居様が中奥にお出ましになることはなく、夫のほうからここに通ったというのだから、将軍家御拝領の権高《けんだか》にも畏れ入る。

大扉を通ると待合の間と称する座敷があり、かつての御夫君同様に、殿様もそこでしばらくお声のかかるのを待たねばならない。

やがて年寄女中が出てきて、これもやや権高な口調で言った。

「若殿様におかれましては、しばしば突然のお渡りにて、恐悦に存じまする」

こうも突然に、またしょっちゅう来られては困る、と言っているのである。ただしそれは取り巻きの女中たちの意思であって、御住居様は「しばしば突然」の訪問を喜んでいるはずであった。

「御住居様は昼食《ちゅうじき》をお召しにござりまするが、格別の御沙汰をもちまして、若殿様にご相伴《しょうばん》せよと仰せられます。お通りなされませ」

齢をとって歯も悪い御住居様が、一刻《いっとき》もかけて食事をするのを忘れていた。二度目の昼食は気が進まぬが、格別の御沙汰と言われたのでは仕方がない。

年寄に従って畳廊下を歩き、御座所の次の間に入る。次の間とはいっても二十畳はある大座敷であった。そこには夏の盛りというに綾の打掛《うちかけ》で絢爛《けんらん》と装った上臈《じょうろう》が一人、両脇にも同様の中﨟が二人、いずれも露骨な迷惑顔で殿様を待っていた。

風も通らぬ座敷で、なぜこの者どもは汗ひとつかかぬのであろうと、殿様はいつもふしぎに思う。

御住居の上﨟ともなると、将軍家の大奥から遣わされた者であるから、殿様の上とはいわぬまでも対等である。殿様は膝をついて挨拶もしなければならない。

「しばしば突然の訪《おとな》いにて、申しわけのうござる」

相当の嫌味をこめて、殿様は言った。絶句するかと思いきや、そこはさすがに﨟たけた奥女中である。

「しばしば突然のお渡り、恐悦に存じまする。どうぞごゆるりとおすごし下されませ」

そして上﨟は、じっと殿様の目を見据える。家来なら誰であろうが、殿様の目を正視してはならないのである。目を伏せて胸元を見るから、「目下の者」という。しかし上﨟は睨むほどにじっと、殿様の目を見つめて憚《はばか》るところがない。

殿様は脇差を抜き置き、御座所を隔てた襖ににじり寄った。御住居の襖は金張付《きんばりつき》で、これは御公儀の達するところの御禁制の奢侈《しゃし》なのだが、幼いころから金張の中できらきらとお育ちになった御住居様は、こうした造作を「金張ではのうて白地に金の絵柄」と言い張ってお誂《あつら》えになったそうだ。したがって、御住居の内陣はどこもかしこも、御禁制のはずのきらきらであった。

そうした御住居様の、天下一のわがまま娘というご気性が、殿様はけっして嫌いではなかった。

儀礼として、扇子を敷居のきわに置く。

「茂勲《もちこと》にござりまする」

「ようきた。はいれ」

齢を感じさせぬ艶めいたお声がかかると、金襖が女中らの手で左右に開かれた。

いつものことだが、この一瞬には黄金の輝きに目を射られてよろめく。

「御住居様におかれましては、ご機嫌よろしゅう、祝着至極に存じまする」

「おまえも障《さわ》りのう、めでたい。ささ、はいられよ」

御住居様は殿様と対面なさるときには、女中どもを人払いする。むろん次の間に控えて聞き耳をたてているのだろうが、女中どもの日常は表向や中奥とは隔絶されているので、話の中味が洩れ出る心配はなかった。御住居は広島藩上屋敷の中の、小さな徳川家であった。

襖を閉めて二人きりになると、御住居様は突如として「末姫様」に豹変なされる。まるで七十年ばかりも時空を飛び越えたごとくである。老いた身を脇息《きょうそく》にもたせかけて、御住居様は娘のように笑った。

「勲《こと》さまやい。毎日会いたいというておるのに、なかなか来てくれぬから、お末は淋しゅうてならぬぞい。もそっと近うよれ。酒《ささ》を飲め。飯も腹一杯食うがよい」

殿様は昼餉の膳を見渡した。いつもながら奇妙な膳である。昔からのならわしで、上屋敷の御膳立から、同じ膳を三通り運んでくる。ところが膳はそれだけではなく、公儀からもまた同様に三通りの膳がはるばる届けられる。つごう六人前の御膳に、鯛も六尾ついている。御住居様の召し上がる膳は公儀からのものと定《き》まっているので、当家の膳は飾りだった。むろん朝昼晩の三食とも同様である。

三代前の輿入れのときよりえんえんと、毎日十八尾の大鯛が姫様ひとりに供されているとは、ばかばかしいも程を越えておかしかった。

殿様は勧められるままに酒を飲み、ずらりと並んだ膳のうちの目の前の鯛に箸を付けた。

御住居様は歯がないぶんゆっくりとねぶるように召し上がるが、驚くほど健啖である。酒は手酌でぐいぐいとお飲みになる。

「それにしても勲さまやい。おまえはよい男じゃの。ひい爺様になぞ似ても似つかぬ。血が遠いことは何よりじゃった」

「御住居様も、いつもお美しゅうございます」

この一言は何べん聞いてもよほど嬉しいらしく、御住居様はお顔の皺《しわ》をにっと引いて笑った。

「爺様にも父上にも似ておらぬがの、おそらく御藩祖の浅野長政というお方は、おまえのような男前だったのであろうよ。ふむ、きっとそうじゃ。おまえの男ぶりには戦国の御具足がよう似合う」

「長政公に似ておるなど、いかに末裔とは申せ、もったいのうございまする」

ふと、御住居様は長政公を知っておられるのかと思いすごした。そんなはずはあるまい。いくら何でも二百五十歳ではなかろう。

御住居様は齢なりの皺だらけではあるが、堅長い立派なお顔である。髪は黒々と染め、下げずに大きく結い上げていた。背も丸まってはいるけれど、全体の引き伸ばした感じを想像してみると、大柄で華やかな美女である。

「それを申されるなら御住居様は、畏れ多くも東照大権現様に似ておられるかと」

お世辞ではなく、思った通りに殿様は言った。ほほほ、と御住居様は枯れた手の甲で口を被《おお》った。

「それは祝着じゃ。ところで勲さまやい、その御住居様という呼び方はやめてたもれ。おまえのような若者に、おすえ、と呼ばれてみたい」

「は……しかし、呼び捨ては不埒にござりまする」

「ならば、おすえさま、と」

「はい。では、お末さま」

殿様が身を乗り出してそう囁《ささや》くと、御住居様の頬にほんのりと紅がさした。

金襖の向こうで、上﨟が咳払いをした。

「お末さまはいつもお美しゅうござりますな」

「そういう勲さまも、よい男じゃのう」

からかっているのか、からかわれているのかわからぬが、要するに二人はそうして、おのれをがんじがらめにしている周囲をからかっているのだった。

「ときにお末さま。突然お伺いいたしましたるわけをお聞き下されますか」

「ふむふむ、何でも聞くぞえ。また何かわけのわからぬことがあったか」

殿様は先刻とり行われた謎の稽古について、ありていに語った。これまでにも理解に苦しむならわしは、しばしば御住居様が答えを明かしてくれた。御殿を一歩も出ずに長いことお暮らしになっているにもかかわらず、さすが四代の当主を経た姫君である。浅野安芸守のならわしについては、まず知らぬことがなかった。

「なるほど。斜籠《はすかご》、か」

「ご存じなのですか」

「むろん知ってはおるがの。じゃが、しかし——」

いつもなら曽孫に問われて答えることが楽しゅうてならぬというご様子なのに、御住居様は気の進まぬふうをした。盃も置いてしまわれた。

「当家に嫁して七十年を過ぐるがの、いまだわが身は公辺《こうへん》の者と心得おる。によって、知っておってもこればかりは、答えるわけには参らぬのじゃ」

殿様は慄《ふる》えた。何という怖ろしい回答であろうか。

深い溜息をおつきになったと見る間に、御住居様は身を崩して揉紙《もみがみ》で洟《はな》をかみ、瞼《まぶた》を拭った。気丈で明朗なお方の、そのようなお姿を見るのはむろん初めてである。

殿様はいよいよ慄えた。

「なるほど、それですべてが読めたわい。少将殿は斜籠に乗るのが嫌で、病と偽り国元に籠られたか。しかもおまえのように縁の遠い者を跡継ぎに据えおって。許せぬ。今少し若ければ広島まで乗っこみ、この手で成敗してくれようものを」

依然としてわけはわからぬが、ともかく大変なことを訊ねてしまったらしい。殿様は畏れおののいて後ずさり、畳に手をついた。

「お末さま。この件はどうかご内密に。御公辺にお届けなどなさりませぬよう」

「心配には及ばぬ。お末とて浅野家の嫁じゃ。それにしても、おまえに斜籠のお鉢が回ろうとは。不憫《ふびん》じゃ……」

不憫、という言葉はことさら身に応えた。よくはわからぬがつまり、はたから見ればかわいそうでならぬことを、自分はさせられるらしい。それが嫌で義父は遁世し、縁も遠く情も薄いにちがいない自分が、家督を継ぐことになったのだ。

わからぬ。わからぬゆえに怖ろしさはつのった。そして恐怖は一瞬のうちに、明晰な殿様の頭脳をあらぬ想像で膨らませてしまった。

「もしやお末さま。斜籠の儀は藩祖公のお恨み事でございましょうや。よくは存じませぬが、長政公は豊太閤殿下の五奉行の一と聞き及びまする。豊臣の臣なれば、畏れ多くも将軍家にお恨み事があっても然りと存じまする。そのお恨みをついに晴らすべき大役が、よもやこの茂勲に回ってきたと申すわけではござりますまいな」

は、と御住居様は泣き濡れた目をもたげた。

「勲さま。いくら何でもそれは考えすぎじゃぞえ」

胸を撫でおろす間もなく、殿様は次なる仮定を口にした。

「ならばお末さま。今を遡ること百六十余年前、時は元禄十四年の赤穂騒動の決着と、何かしら関りがござりますまいな」

はあ、と御住居様は目をしばたたいた。

「勲さま。おまえがことのほか故事に詳しい勤勉家であることは、よう存じおるがの。故事を学ぶ者は往々にして、現実を見失うものじゃぞえ。さよう。温故知新となるべきところが、温故不知新となってはならぬ。はっきりと言うておくが、赤穂の騒動とはいささか考えすぎじゃ」

殿様は苛立った。これほど思いつめて口にした仮定を、考えすぎじゃと言下に斥《しりぞ》けるのであれば、正答を教えてほしい。

「お教え下されよ、お頼み申す」

もういちど頭を下げたとたん、御住居様は強いお声で殿様を叱った。

「同じことを言わせるでない。わが身は公辺の者ゆえ、かように三度の食事も城内御膳所よりはるばる届けられしものを、食しておるのじゃ。七十年も冷え飯ばかり食ろうておるのじゃぞえ。その苦労のわけはただひとつ——お末は十一代浅野安芸守が室である以前に、十一代将軍家斉が娘であるからじゃ。この一件、二度と再び口にするでない」

声をあらげたあとでふと我に返り、

「それにしても、勲さまやおいたわしい……」

と、御住居様はまたさめざめと泣かれた。

殿様は御住居を辞去した。謎は解決するどころか、真黒な恐怖に変わってしまった。

広島藩四十二万六千余石の太守、浅野安芸守茂勲のかくある立場を、家系図から説明することはたいそう難しい。

殿様は天保十三年の寅《とら》の年に、広島藩執政である沢讃岐《さわさぬき》の国元役宅にて生まれた。沢家には男子がなく、女子に徳三郎という婿をとった。つまり茂勲はそもそも、藩重臣である沢家の子であった。

父の徳三郎は浅野分家である新田《しんでん》藩主近江守長賢《ながかた》の五男である。この近江守には多くの男子がおり、それぞれ養子に出すほどであったのだが、不幸にして継嗣が早逝してしまった。まさか養子に出した子を呼び戻すわけにもいかぬので、主家である浅野本家から十一代安芸守の従弟にあたる長訓《ながみち》を養子として迎えた。

ところが、この近江守長訓にも子ができなかった。そこで沢家の子供ながら、実は近江守の血を継ぐ茂勲を、この養子として迎え入れた。茂勲は幼くしてすでに沢家の当主であったが、家督を弟に譲って近江守家に入った。

ここまででも相当に複雑だが、話はさらにややこしくなる。

そのころ浅野本家は十二代安芸守慶熾《よしてる》の代となったが、この殿様にも継嗣がなかった。そこで血縁の濃さから、分家の近江守の当主となっていた長訓を養子とすることになった。十三代安芸守である。

かくて茂勲は義父にかわって分家の近江守を継いだ。しかし十三代長訓は、聡明で健康な茂勲に執着があり、近江守家に別の養子を立てて、再び本家の養子として迎えたのだった。

すなわち茂勲は親が三度変わった。実父の沢徳三郎、養父の近江守長訓、同一人物だが本藩を継いだ安芸守長訓である。そして三度も当主となった。最初は臣下の沢家、二度目は新田藩三万石の殿様、ついには四十二万六千余石の十四代浅野安芸守となった。

経緯を省略すれば、家臣の家に生まれた子供が一躍藩主となったのだから、下々から見ると鯉が龍に変じたほどの出世であろう。しかし当の御殿様には、そうした自覚など全然なかった。

芸州浅野家といえば、三百諸侯の中でも前田、島津、伊達、細川、黒田に次ぐ大大名である。一介の家臣の子としてのびのびと広島城下に生まれ育った少年が、あれよあれよという間にその大藩の殿様となったのだから、わけのわからぬことだらけであった。

武芸に秀で、かつ博識であるのは当然であろう。剣術を学ぶにしても竹刀で打ち据えられたのだし、学問も多くの子弟らと藩校に学んで切磋琢磨したのである。ましてや、藩執政まで務めた沢讃岐の血を享《う》けている。出来の悪かろうはずはなかった。その出来のよさのせいでわけのわからぬことになったのだから、殿様は口にこそできぬが、まったくもって納得がいかなかった。ましてやこれが出世だなどと、考えたためしもない。

世には尊皇攘夷の嵐が吹き荒れて、物騒このうえない。隣国は今や幕府の天敵となった長州藩である。どう転ぶかわからぬ世情の中で、家臣たちが英主を待望したのは当然であった。

さればこそ、わからぬこともわかったような顔をしなければならぬ。英主などとんでもないと思ったところで、義父は後は頼むぞとばかりにさっさと隠遁してしまった。つまり殿様は、好むと好まざるとにかかわらず、また才覚のあるかなきかもいまだわからぬまま、英主にでっち上げられたのだった。

もはや、その英主とやらになるほかはなかった。

あくる日も茹《う》だるような暑さであった。

昨晩は斜籠の儀についてあれこれと思いめぐらせたあげく、まんじりともできなかった。藩校に通っていたころから成績は常に第一等で、すこぶる思慮深く、またわからぬことはけっしてなおざりにできぬ性分である。そうした優秀な頭脳も几帳面な人格も、この際においては最悪であった。

広敷で朝食をとりながら、殿様はなおも考え続けていた。考えてもわからぬのは、おのれの思慮が浅いせいで、けっして真理がないわけではないのだと、殿様は自分を責めていた。

殿様の食事は質素である。このあたりはまことに意外であったのだが、人生で最もよい食事をたらふく食っていたのは、沢家にいた幼少のころで、近江守となり、さらに本家を継ぐに及んで、なぜか食い物は貧しくなった。

朝食は一汁二菜、二菜というても焼味噌と豆腐である。飯は二膳と定まっている。三膳飯は不調法であるし、一膳ではどこか体の具合が悪いのか、あるいは調理がまずかったのかと勘繰られるので、きちんと二膳を食べなければならなかった。

この朝は寝が足らぬせいで食欲がなく、一膳をようやく食べたうえに、目を白黒させながら二膳めを詰めこんだ。

朝も早うから松枝の油蟬が鳴き始めていた。どうも嗤われているような気がしてならぬ。

二膳をようよう平らげて、汁を啜りおえようとしたとき、嫌な臭いが殿様の鼻をついた。改めて清汁《すましじる》の底を見れば、あろうことか米粒大の鼠の糞が沈んでいた。

「御殿様、何か」

下段から一挙一動を凝視している側役が訊ねた。落ちつけ、あわてるなよ、と殿様はまず自身を戒めた。

たとえばここで「鼠の糞」と言ったとする。かつて「白髪一本」で腹を切った調《ちょう》進掛《しんがかり》がいた。それが鼠の糞であれば、下役どころか台所奉行まで切腹であろう。むろん毒味役の小姓もそうせずばなるまい。

たかが鼠の糞のために、まさか三人の家来を殺すわけにはいかぬ。言わずに残しても結果は同じであろう。食ったと見せかけて懐紙に吐き出すという手もあるが、使った懐紙を改めるのも定めである。

殿様は進退きわまった。

「何か、不都合でも」

「いや。ちと物を考えておっただけじゃ」

殿様の結論は、「人の糞も鼠の糞も糞は糞」というあっぱれな覚悟であった。そして殿様は、自ら切腹の決心でもするように、無言の気合をこめて鼠の糞を呑み下した。英主の道は楽ではなかった。

膳が取り片付けられるまで、殿様はじっと動かずに目をつむり、こみ上げる吐気をこらえていた。

「御殿様に申し上げまする」

側役が白髪頭を下げて、妙に改まった物言いをした。さては気取《けど》られたかと殿様は肝を冷やしたが、そうではなかった。鼠の糞より始末におえぬことを、平身低頭したまま側役は言った。

「本日は内々《ないない》のお勤めがござりまする。奥御右筆《おくごゆうひつ》より洩れ聞くところでは、ちかぢか禁裏より御勅使御差遣の儀これあり、つきましては本日子《ね》の刻、御殿様におかれましては御老中水野和泉守様上屋敷にて、斜籠の儀を御披露下されませ。なお、内々のお勤めにござりますれば、御駕籠回り近習のみにてお供つかまつりまする。日ごろのお稽古の成果を、存分に揮《ふる》われまするよう」

わからぬ。老中の屋敷を訪ねて斜籠をやれだと。しかも時刻は深夜子の刻、ひとけも絶え、八百八町が寝静まった時刻ではないか。

わからぬ。わからぬ。朝廷からの勅使が来るので、ついては斜籠とはこれいかに。

「あいわかった」

殿様はきっぱりと言った。側役の様子からすると、内々の勤めとはいえ何やら重大な仕事にはちがいなかった。こればかりは、わからんものをわかったなどと、安請合いをしてよいものであろうか。

そこで聡明な殿様は、英主たるの尊厳を傷つけぬ程度の質問をした。

「予は日ごろの稽古の成果を、十全に発揮するであろう。ところで、何かほかに留意すべきところがあれば聞きたい」

実はさっぱりわからんのだよ、と殿様は言ったつもりであった。その意が通じたのかどうか、側役はようやく白髪頭をもたげた。

「ご留意なされますところは、ただ一点のみにござりまする」

「苦しゅうない、申してみよ」

そんなことはわかっているのだが、いちおう聞くだけ聞く、という言い回しが大切なのである。

「ははっ。では、甚だ僭越ながら申し上げまする。御老中の御屋敷に至りますれば、ご挨拶は無言、ご対面中も終始無言、けっしてお言葉を発せられてはなりませぬ」

「あいわかった」

わからぬ。聞けば聞くほどわからなくなりそうな気がする。

ともかく、真夜中にわずかな供の者を連れて老中を訪ね、いっさい言葉を発せずに、斜籠をやって帰ってくる、ということだけはわかった。いや、それだけしかわからなかった。

「それでは御殿様。本日は夜分のお勤めにござりますれば、日中はいっさいの御公事はお取り次ぎいたしませぬゆえ、奥向にてごゆるりとお過ごし下されませ」

「大儀であった」

側役はしずしずと去って行った。

打上網代《うちあげあじろ》の御駕籠が広敷の庭に運びこまれたのは、屋敷内も静まり返った亥《い》の刻である。

風のない蒸し暑い晩で、南天の月は朧《おぼ》ろに霞んでいた。

奥庭から駕籠で乗り出すなど、聞いたためしもない。しかも供は、舁手の御陸尺が四人、手替りが四人、家来といえば駕籠回りの近習がたったの三人である。それも常日ごろ見覚えている侍ではない。おそらくこの夜のために選び抜かれたのであろう、いかにも手練《てだ》れに見える大兵であった。

侍は一人が先手、一人が殿《しんがり》で、もう一人が駕籠の脇につくらしい。それぞれが違《ちがい》鷹羽《たかのは》の御家紋の入った提灯を提げていた。

まことに心許ない。芸州侯の行列といえば実に壮麗なもので、なにしろ登城の折など先頭が江戸城大手の下乗橋《げじょうばし》に到着しても、後尾の押足軽《おしあしがる》はいまだ霞ヶ関上屋敷の門前にいる。余りにも長すぎて他の通行の迷惑となるから、途中に二の切、三の切という間隔をあけるほどであった。

いかに内々のお勤めとはいえ、これは心細い。

侍たちの出で立ちは、殿様と同じに肩衣半袴の礼装である。非常の時刻と供の少なさに反して、一同の身なりが裃《かみしも》とはいよいよ合点がいかぬ。

丸一日、あれやこれやと思い悩んだあげく、殿様は物を考えることはやめにした。肚をくくったというより、もはやなるようになれというところである。

駕籠に乗りこむとき、足元を照らす近習の横顔を見て、殿様は地獄で仏に会うたような気分になった。鰓《えら》の張った武者面は、幼なじみの原田新兵衛《はらだしんべえ》にまちがいない。

そうとわかっても、むろん声をかけるわけにはいかないのだが、この少ない供連れならば、みちみちひそかに物を訊ねることはできよう。

殿様が駕籠に乗りこむと、側役が袱紗《ふくさ》にくるんだ小箱を捧げ渡した。

「御老中へのみやげ物にござりまする。くれぐれも無言にてお渡し下されませ」

「あいわかった」

「斜籠の儀は稽古どおり、扇子の音を合図にかかられませ」

「あいわかった」

まるでわからん。わからんがわかったということにして、殿様は出立した。

御駕籠は小門から忍び出た。外桜田の老中水野和泉守上屋敷は、ほんの目と鼻の先である。しかし御駕籠は外桜田の小路に入るかと見えて北に向かった。

さては上屋敷ではなく、城中西ノ丸下の老中御役宅かと思ったが、まさかこの夜更けに桜田御門が開いているはずはない。はて、と殿様が首をかしげるうちに、御駕籠は桜田の御門前を右に折れて濠ぞいを進み、日比谷御門の手前をまた右に曲がった。

「これ、新兵衛」

内心は新兵衛のほうから声をかけてくれるのではないかと待ち受けていたのだが、やはり他聞がないというてもそれはできぬらしい。ましてや原田新兵衛は、子供の時分から四角四面の律義者だった。

「何用にござりましょうや、御殿様」

低い濁《だ》み声をさらにひそめて、新兵衛は駕籠のかたわらを歩みながら答えた。

殿様は小窓の簾を上げて、すがるような目を新兵衛に向けた。

「まことに久しぶりじゃが、挨拶などは略す。それどころではない。おい、新兵衛よ。殿様も家来もどうでもよいから、わしの話を聞いてくれ」

「御殿様。おたわむれを」

「そうつれないことは言うな。のう、新兵衛。わしはの、わからんことでもわからんとは言えぬのじゃ。教えてくれ、わしはこれから何をするのだ」

「斜籠の儀にござりまする」

「だから、その斜籠とやらは、いったい何なのだ」

新兵衛は歩みながら、いかにも懊悩するように深い吐息をついた。

「御殿様。それがしはすべて存じおりますが、これぱかりは口がさけても申し上げられませぬ。平にご容赦」

「容赦せぬぞ、新兵衛。わしは御老中に恨みなどない。それとも何か、水野和泉守に許されざる悪行があり、天にかわりてわしが成敗するということなのか。それならそれと言うてもらわねば困る。いかにわしが剣の達者で、しかも天誅を下すにふさわしき身分であってもだな、わからんことはできんではないか」

「御殿様は相も変わらず、思慮深いご気性にあらせられます。しかし、御老中を斬るなどと、いささか考えすぎでござりまする」

「では何をするのじゃ。答えよ、新兵衛」

「答えられませぬ。ただし――」

と、新兵衛はいかにも四角四面の侍らしく、吐き棄てるように言った。

「ただし、御殿様のなされますことは、悪行にござりまする。悪事を働けば、一目散に遁走せねばなりますまい。新兵衛は芸州の武士として、さなる悪事に加担いたしますこと、心より恥じ入っておりまする」

ああ、と殿様は呻いた。やはり何も訊ねるべきではなかったのだ。真実を知りたいばかりに、また謎の上塗りをしてしまった。

御駕籠は昇手が途中で手替りをするほど遠回りをしたあげく、長い時間をかけて外桜田の水野邸に至り、門を遠目に見る辻でいちど下ろされた。

殿様は簾の隙間から門前を覗きこんだ。折しも月が雲居を離れて、小路をしらじらと照らし上げていた。

殿様は息を詰めた。御老中邸の門前に斜籠が立てられていた。打上の蓋はないが、大名の所用にちがいない立派な御駕籠が、引戸をいっぱいに開いてやや斜めに立てられている。

家来が提げている提灯の紋所は、遠目にもはっきりそうとわかる六文銭である。松代《まつしろ》十万石真田《さなだ》信濃守の御駕籠にちがいなかった。

あたりを見渡すと、新兵衛もほかの従者たちも、門に背をむけて片膝をついていた。

「おい、新兵衛。おぬしら、何をしておるのだ」

新兵衛はちらりと殿様を睨み、人差指を唇に添えた。

砂利を蹴る足音が聞こえた。真田の駕籠を支える奴《やっこ》どもは、みな満身に力をこめた。

とたんに大小の刀を胸前に束ね持った裃姿の侍が、門の中から鮮やかに宙を飛んで、駕籠の中にすっぽりと収まった。

「みごとじゃ」

殿様は思わず独りごちた。相当の稽古を積んだのであろう、打上よりもずっと小さな引戸の中に、真田信濃守は鞠《まり》のように飛びこんだのだった。

ただし、たちまち閉ざされた引戸の間から、白足袋も生々しい信濃守の片脚が出ていた。

真田の御駕籠は、浅野の紋所などまるで目に入らぬかのように、すばやく脇をすり抜けて辻に消えてしまった。

再び月が雲居に隠れ、あとには殿様の胸のうちに似た、黒洞々たる闇がきた。

門前にて駕籠を下り、御玄関に向かう。門番も役人も、芝居の黒衣《くろご》のように片膝をついて背を向けていた。案内役の侍は羽織姿の平服である。大名が裃を着けているのに、何たる無礼者かと思いもしたが、どうやらその身なりにも意味があるらしいと、殿様は考え直した。

案内役は殿様を屋敷内に導こうとはせず、無言で丁寧なお辞儀をすると式台を下りた。掌を返して、こちらへ、というそぶりを見せる。

砂利を踏んで屋敷の外側をめぐり、開け放たれたままの小門を抜けると、広い庭のところどころに百目蠟燭の灯明が揺らいでいた。どうやらこれは、斜籠に駆け戻る道筋を示しているらしい。振り返ると、遥かな闇の先で近習の侍たちが提灯を掲げていた。御駕籠はすでに斜めに立てられ、打上を大きく開いている。

庭に面した広間は開け放たれていた。なるほど浅野の上屋敷を一回り小さくしたような按配で、これなら稽古も役に立つ。

殿様が階《きざはし》を上がると、どこからともなく小者が現れて草履の向きを変えた。

水野和泉守は面白くもおかしくもない顔で、上段の間に座っていた。

なぜか羽織も袴もつけず、略紋《かえもん》の入った紬《つむぎ》の着流しである。どう見ても寝巻姿であった。

殿様は刀と脇差をかたわらに置いて、下段の間にかしこまった。それから無言でお辞儀をした。

御老中からは何の沙汰もない。どうしたものかと頭ばかり下げていると、まるでこちらを急《せ》かせるような軽い咳《しわぶき》が聞こえた。

そこで殿様は、懐に収めた小箱のことを思い出した。出しなに側役から托されたみやげ物である。袱紗にくるまれた、妙に重い小箱を取り出し、ずいと畳の上に進めた。

とたんに、御老中は手にした扇子で、ぽんと紬の膝を叩いた。

一瞬殿様は、何か粗相をしたのかと思った。うろたえて上座を見上げると、御老中は厳《いかめ》しい表情で殿様を見下ろし、もういちど扇子で膝を叩いた。

側役の声が甦った。

（斜籠の儀は稽古どおり、扇子の音を合図にかかられませ）

これがその合図だと知ったとたん、殿様は刀を両手に握り、身を翻して座敷を走り出た。階を飛び下り、草履をつっかけるや道筋を照らす灯明に沿うて、一目散に走った。

小門を潜ると、長屋門の四角い枠の向こうに、御駕籠が打上をいっぱいに開いて斜めに傾けられていた。

殿様は走った。門番どもは相変わらず背を向けて蹲《うずくま》っており、駕籠を支える奴《やっこ》どもはつらい姿勢のまま顔をそむけていた。三人の近習もみな、提灯を後ろ手に掲げて膝を折っていた。

誰も見てはいないのだ。

そう思ったとたん、殿様は稲妻でも閃いたようにすべてを悟ったのだった。

刀を胸に抱えて、頭から御駕籠に躍りこんだ。しこたま頭をぶつけ、おまけに片脚を打上に挟まれた。しかし殿様は、痛いと叫ぶ声すらも口を被って嚙み潰した。

御駕籠は疾風《はやて》のごとくに走り出した。外桜田の辻では、斜籠の儀の順番を待つどこぞの大名駕籠とすれちがった。

「おい、新兵衛」

霞ケ関の小路に入ったあたりで、殿様はようやく打上に挟まれた片脚を引き抜き、駕籠の中から声をかけた。

新兵衛は走りながら提灯のあかりを簾に向けた。

「おぬしは悪行と申したがの、わしはそうとは思わぬぞ。御勅使の接待役はたいそうな金もかかるし、面倒であることこのうえない。さような金と手間なら、ほかにいくらもかけようがあるのが今のご時世であろうが。わしは悪者でもなければ不憫な殿様でもないわい。浅野安芸守が今の世になさねばならぬ勤めはの、ほかにいくらでもあるのじゃ。しかるにわしは、天下のために善行をなした。これはけっして悪行などではない」

しばらく黙々と走ったあとで、かつての友は幼なじみの声で答えてくれた。

「無礼を申した。やはりおぬしにはかなわぬわ」

霞ヶ関の門前には、老いた側役がただひとり、違鷹羽の提灯をかざして殿様の帰りを待っていた。

＊

さて、思いもよらず現代の殿様に抜擢された某君が、このさきどのような仕事をなすかは神のみぞ知るところである。

ちなみに、浅野安芸守茂勲のその後の活躍はめざましいものであった。

たとえば、彼が慶応二年の第二次長州征伐で懸命の斡旋をしなければ、長州藩は滅亡していたかもしれない。翌年暮の小御所会議で、薩長の唱える徳川処分論と、土佐の公議政体論を調停したのも彼である。もしこの会議が決裂していたとすると、明治維新はさらなる悲劇をともない、しかも実現していたかどうかも怪しいところであろう。

薩長同盟が具体化すると、広島藩もこれに加わって薩長芸三藩同盟を締結したが、のちに土佐藩に続いて大政奉還の建白をなしたことが薩長の恨みを買い、討幕の密勅が下りた際には同盟から除外されてしまった。つまり、薩長と土佐の間に挟まれた形で、維新の主流からははずれてしまったのである。

しかし、維新当時二十五歳という年齢を考えると、彼の活躍ぶりはまさに英主の名にふさわしい。この英明なる若殿様がいなければ、たぶんその後の日本はなかった。

茂勲は明治二年正月に家督を相続し、正しくはその時点で第十四代安芸守となった。将軍家から賜わっていた松平姓も、ここで本姓の浅野に復し、同時に将軍家茂から一字を賜わった茂勲の名も、浅野家代々の「長」の字にちなんで長勲《ながこと》と改めた。

浅野長勲はその後、侯爵に列せられ、元老院議官、イタリア公使、華族局長官、貴族院議員などを歴任した。政治の表舞台にこそ立たなかったが、維新の折に発揮した抜群の調停能力は、われわれの与《あずか》り知らぬ歴史の水面下で、相当に揮《ふる》われ続けていたであろう。

長勲は日中戦争の始まった昭和十二年に、隠居することなく浅野侯爵家当主のまま、九十六歳の天寿を全うした。実に最後の殿様であった。

この物語は彼が晩年に語り置いた懐旧談をもとにした創作であるが、その談話の中にかつての在府大名が御用のがれのために、時の老中に賄賂《わいろ》を渡す逸話があり、すこぶる興味をそそられた。たとえ必要悪でも悪を悪と認識して、一種の儀式にしてしまう二百六十余年の政治体制には畏れ入る。ちなみに浅野長勲も、若い時分にわけのわからぬまま、この斜籠の儀式を体験したそうである。

私は某君の家から帰る道すがら、何となく浅野老公の懐古談を思い出した。才気走ったところはないけれども、聡明で温厚篤実な某君は、長勲のような殿様になるのかもしれない。

某君が相応の結果を出したあかつきには、かつての幼なじみの声で、

「無礼を申した。やはりおぬしにはかなわぬわ」

などと言ってやりたいものである。

女《め》敵討《がたきうち》

なにげなく手にした書物を、その内容いかんにかかわらず熟読する癖がある。

書物ばかりではなく、文字を記した印刷物ならばみな同様であるから、朝刊を読むに際しては記事にとりかかる前に、まず夥《おびただ》しい折込広告の類いを丹念に読まねばならない。

活字中毒もここまでくると重症である。だからこのごろでは、なにげなく手にする瞬間に読むべきか読まざるべきかという決心を、おのれに強いるようになった。

過日、母校の卒業生名簿が送られてきた。これを手にしてしまえば半日が潰れると思い躊躇したのだが、ついつい読み始めてしまった。

私は生来、物事の要領を得ぬ。要領を得た手順というものを知らぬ。だからあらゆる書物において、目的に適う部分だけを抜き読みすることができない。すなわち同級生の消息を温《たず》ねるにあたっても、あろうことか大正何年卒第一期生の頁から読み始めるのである。

むろん面白くも何ともないのだけれど、手順なのだから仕方がない。いつまでたっても物語の開示されぬ下手くそな長篇小説を読むかのごとく、私は分厚い卒業生名簿に没入した。話のクライマックス、つまり私の同級生もしくは記憶せる先輩の項目は遥かな先である。母校の長い伝統も、私ばかりには呪わしい。

しかし、資料調べをするときなども同様なのだが、何事にも不得要領の功徳《くどく》というものはある。目的地に到達するまでの不毛の曠野《こうや》を行くうちに、思いもかけぬ景観に出会ったり、貴重な発見をしたりする。

まさか卒業生名簿にはそれもあるまいと思いきや、まるで見知らぬ墓場をさまようように物故者の氏名ばかりを追い続けるうち、やはりひとつの興味に行き当たった。そこに歴史上の知った名を見出した、などと言い出せばいかにも小説のプロローグにふさわしいが、そうではない。

名前の変遷の面白さに気付いたのである。古い時代の名前ほど想像力に富み、オリジナリティ溢るる命名なのだが、やがて世相を反映して雄々しい名前ばかりになる。

戦後の私たちの世代の名は、その両方がともに喪《うしな》われ、むしろ画一化される。男子ならば一文字か「夫」「男」「雄」を付けた二文字、女子ならば「子」があらかたを占め、何となくぞんざいな感じさえする命名が多くなる。さらに時代が下ると字面ばかりが派手やかになり、まるで源氏名か芸名を並べたかのようで読むだに気恥しい。おそらく全員が名前負けであろうと思われるほど、男子の名は気宇壮大、女子の名は優雅秀麗をきわめ、そのくせ同名が多いというのがまたおかしい。

かくして、子供の名前に反映された世相に思いを致すうちに、私はふと興味を抱いて、「命名から消えてしまった文字」を検《あらた》め始めた。流行の文字よりも、死んだ文字のほうが世相を映すのではないか、と考えたのである。

半日どころか一日を要して、私は「死字」を追い求めた。第二次大戦前には「和」が死に、戦後は「勝」が死ぬ、などという表層的な現象はつまらない。もっと社会精神の根源に迫るような文字の喪失はあるまいかと、ひたすら数万の姓名をたどり続けた。

さて、すこぶる長い前置きとなって恐縮であるが、この物語は戦後社会において決定的に喪われたひとつの文字から始まる。

「貞」という字である。

白川静博士の『字通』に拠《よ》れば、この「貞」の正字は「鼎」の上に「卜」を置いた「鼎」という文字であるそうな。すなわち鼎《かなえ》によって卜問《ぼくもん》することをいい、転じて「とう、うらなう、ただす」、「ただしい、さだまる、よい」というような意味を持つ。総ずれば「神意にかなうほどの真実」というところであろう。

しかしこの文字は「貞操」や「貞潔」などの熟語として理解されてきたので、主として男女間の純潔を保持する徳目というように、一般には考えられていた。

かつては制約を受けていた恋愛というものが、けっして道徳的な禁忌ではないのだという意識の覚醒によって、「貞」の字は子等の命名から消えたのであろう。

以《もっ》て然《しか》るべきである。

だが、はたして「貞」の字をしばしば名前に用いていた過去の人々が、それほど貞節を守っていたのかというと、あんがい怪しいのではないかという気もする。煩悩を紛らわせるだけの娯《たの》しみがほかにない分だけ、恋愛に、あるいは肉欲の成就に執着したのではなかろうか。

今となっては近松の戯作《げさく》に垣間《かいま》見るほかはないその種の話も、実はあんがい身近にある日常譚だったのではあるまいかと、私は憶測するのである。

こうして、時代の流れとともに名簿から消えた「貞」の一字が、私の空想の端緒となった。まったく物語は、どこから降り落ちてくるかわからない。

*

奥州財部《たからべ》藩士吉岡貞次郎《よしおかさだじろう》が、配下の徒士組《かちぐみ》三十名を引き連れて江戸勤番についたのは、去る安政末年の春であった。

井伊掃部頭《かもんのかみ》が桜田門外で首を取られるという事件があって、ただちに藩邸の守りを固めよということになったのである。

幸いその懸念は杞憂《きゆう》であった。もっとも重臣たちの懸念の理由は、藩主土井出羽守が亡き御大老と多少の誼《よし》みを通じていたというだけなのであるから、災厄の降りかかろうはずもなかった。

ならば警固役などさっさと国元に戻してもよさそうなものだが、勤めらしき勤めの何もないまま、すでに二年半が経つ。吉岡貞次郎は赤坂中屋敷《なかやしき》の勤番長屋に、配下の徒士衆よりはいくらかましな住居を与えられて、どうしようもなく暇な日々を送っていた。

若ければ物見遊山にも名物食いにも出かける。齢が行っているなら億劫である。だが三十五歳という年齢はそのどっちつかずで、ひたすら身を持て余しているという気がした。

それでも当初の三十名のうちの半数は、順次国元に帰った。人選は御留守居役《おるすいやく》の差配により、齢の順である。ただし組頭の貞次郎がその順序に加えられるはずはなく、年長の者がいなくなってしまった分だけ話し相手もなくなった。

国元には五つ齢下の妻を残している。子はない。つまり夫婦の年齢を考えれば、長きにわたる不在は家の存亡にも関るのだが、そのあたりの事情は斟酌されなかった。むしろ老いた親もなく、育ち盛りの子もなければ身軽であろうと、簡単に考えられているふしがあった。

貞次郎には御公儀より年間百両という、傍《はた》が羨《うらや》む御役料が支給されている。配下の徒士は四十両である。なにゆえ公辺《こうへん》からそのように格別の恩典があるのかといえば、つまり桜田御門の失態を二度演じてはならぬという配慮であるらしいのだが、おそらくは御殿様のごり押しであろうと貞次郎は睨んでいる。譜代の小藩ではあるけれども、かつて幕閣に参与した出羽守様の権勢は隠然たるもので、齢七十を過ぎた大殿様の要望が公辺に通らぬはずはなかった。

もっとも、半数の警固番士が帰国したのち、その分の御役料がどうなっているかは怪しい。

つまり吉岡家は百八十石の御禄を国元の妻が頂戴し、百両の御役料を江戸詰の貞次郎が戴いており、夫が不在の妻も、その夫も暇で仕様がないという夢のような暮らしを続けているのであった。

先行きの不安はあるが、まあよかろう、というのが吉岡貞次郎の本音である。

中屋敷の森がくれないに色付くころ、御目付役の稲川左近《いながわさこん》が江戸に上がってきた。稲川は近い将来、藩政を背負って立つであろうと噂される利《き》れ者である。部屋住みの次男坊に生まれたものが、見出されて江戸の昌平坂学問所に学び、帰国するや稲川分家として禄を賜わった。養子に出ることもなく分家を立つるというのは、よほどの才を認められぬ限りありえぬ話である。

幼いころからよく知る仲であるが、格別親しいわけではない。むしろ貞次郎にとって稲川左近は、まことに虫の好かぬ男である。たぶん左近も、御徒士組頭のほかには使いようのない貞次郎を軽侮している。

中屋敷に到着早々、稲川は従者を勤番長屋に差し向けて貞次郎を呼び出した。幼なじみが久しぶりに顔を合わせるのだから、いかに御目付役といえども不調法であろうと、貞次郎はすこぶる気分を害した。本人が訪ねてきて、長い勤番の苦労をねぎらってくれてもよかりそうなものだ、と思った。

表向に呼び出されるからには、身仕度を斉《ととの》えねばならず、中間《ちゅうげん》に月代《さかやき》も当たらせねばならぬ。

御殿に向かうみちみち、ふと貞次郎はおのれに何か粗相がなかったかと考えた。旧交を温むるのではなく、御目付役として詮議があるのなら呼び立てられるのも当然である。しかし、どう考えても科《とが》を蒙《こうむ》るような覚えはなかった。

一転して、これは吉報ではなかろうかとも思った。ようやく帰国の御沙汰があり、左近は内々にそれを伝えてくれるのではあるまいか。そういう話ならば、他聞を憚《はばか》る勤番長屋よりも表向の座敷に呼び寄せたほうが賢明であろう。

「御目付様に申し上げます。御徒士組頭吉岡貞次郎様、お見えにござりまする」

茶坊主が廊下にかしこまって言うと、障子越しに不機嫌そうな左近の声が返ってきた。

「遅いではないか。ただちに参れと言伝《ことづ》てたはずだ」

心外である。言いぐさも権高《けんだか》だが、少くとも吉報ではないとわかって、貞次郎は茶坊主の肩を押しのけた。立ったまま障子を引き開ける。不調法には不調法で応じてもよかろう。

「おい、わしが何か粗相でもしたか」

と、挨拶もせずに言った。

左近の白皙《はくせき》の顔は怒りを含んでいる。貞次郎を睨み上げたまま、左近は剣呑な声で茶坊主に言った。

「わしが呼ぶまで、何ぴとたりとも取り次ぐな。茶も要らぬ」

左近はいまだ手甲《てっこう》を嵌《は》めたままの旅装束である。はて、どうしたことであろうと、貞次郎は怒りを嚙み潰して向こう前に座った。

「いったい何があったかは知らぬが、久しぶりにしてはたいそうな物言いだの。のう、左近。先ざきはどうなるにしても、今は幼なじみの同格だ。ほかの者はおぬしに媚びへつろうても、わしは御免蒙るぞ」

代々の御徒士組頭には出世も罷免も有りえぬので、こういう言い方は少しも怖くはない。むしろままならぬやつ、と思わせておくほうがよい。

このとき貞次郎は、御目付役の怒りについてある確信を抱いていた。配下の徒士が何かをしでかしたのであろう。三十人の組付足軽のうち、半数はすでに国元に戻っている。彼らが何か事件を起こせば、組頭が責めを受くるのは手順というものであろうが、ここで下手に出れば建前ではなく本音で科を蒙る怖れがあった。

「おぬしの御役目は存じておるがの。二年余りも江戸詰をさせたうえに、目の届かぬ配下の不始末がうんぬんなど、わしは聞く耳持たぬぞ。詮議をするというなら勝手にしゃべれ。それで御役目を果たしたことにはなろう」

「声が高いぞ、貞次郎」

と、左近は座敷の筬欄間《おさらんま》を見上げた。

声が高くて当然、むしろ聞こえよがしに言うているのである。主張をせねば災いが降りかかるという原理を、今さら知らぬわけではなかった。

「申してみい、左近。わしが何をした」

貞次郎の気力に圧《お》されて、左近は小声になった。だが、その怒りはむしろ内にこもって、端整な細面を歪めた。

「おぬしが何をしたとは申さぬ」

「ならばなにゆえ、そうまで尖っておるのだ」

「尖らねばならぬことが起きた。まあおぬしも尖らずに聞いてくれ。声はなるたけ控えよ。よいな」

襖の向こうに、暇な侍が聞き耳を立てているような気配がした。

「よいか、貞次郎。わしは御役目うんぬんよりも、おぬしをよく知る友として言う。何を聞いても驚くなよ」

「気を持たせるでない。配下が刃傷沙汰《にんじょうざた》でも起こしたか。その程度では驚くものかよ」

「いや、驚く」

「早う申せ」

左近はいっそう身を乗り出して、貞次郎の顔を招き寄せた。

「おぬしの女房が、不貞を働いておる」

しばらくは身じろぎもできなかった。左近の囁《ささや》きだけが頭の中をぐるぐると駆け巡った。驚いた、というほどなまなかではない。魂が天に飛んだ。

「噂話を耳にして、わしがひそかに裏を取った。この手の噂は千里を走るぞ。早う何とかせい」

「ひとつだけ訊いてよいか」

と、貞次郎はようやくの思いで言った。

「かつて不貞を働いたのではなく、ただいまこのときも不貞を働いておるということか」

「さよう」

左近は冷ややかに答えた。

「不義密通が公《おおやけ》となり、わしが女房殿にお縄を打てば吉岡の家が殆《あやう》い。いや、すでにことは公となっているも同然なのだ。かくなるうえはおぬしが国元に取って返し、女房殿を成敗し、女敵《めがたき》を討ち果たさねばならぬ。よって、おぬしにとってはまことに我慢のならぬことではあろうが、当の本人どもは噂が拡まっておることなどつゆ知らず、今も不貞を働き続けておるのだ」

とっさには何も思いつかぬのだが、稲川左近が吉岡の家のために心を摧《くだ》いてくれているのはたしかだった。

「おぬし、この用件を伝うるために来てくれたのか」

「実はそうだ。むろんどうでもよいほかの用事に託《かこつ》けはしたがの。ともかくわしとともに一刻も早う国元に帰れ。御留守居役様には何かうまい理屈を言うておく。よいな、貞次郎。あれこれ考える暇はないぞ。遅きに失すれば、吉岡の家がのうなる」

考えるどころか、あらゆる感情すらも消えてしまった。

「かたじけない」

と、貞次郎は左近に正対して頭を垂れた。

台所で燗をつけながら、おすみは男の思いがけぬ声を聞いた。

「突然だが、あす国元に帰る」

銚子の首をつまんだまま、手が止まってしまった。言葉をつなげてほしいと祈ったが、男はそれなり黙りこくった。

「さいですか。で、もう江戸にはお戻りにならないのかね」

江戸前の気丈な物言いは、人を責めているように聞こえるのかもしれない。おすみにそんな気持ちはなかった。いっとき所用で戻るだけなのか、それとも来るべきときがとうとうやってきたのか、どちらなのかを知りたかっただけだ。

男は答えに窮している。ということは、悪いほうなのだろうとおすみは思った。

「さーだちゃん」

と、おすみは銚子をつまんで振り返った。笑顔がいいと言われてからは、ずっと笑い続けている。それをやめれば男が、愛想をつかして国に帰ってしまうような気がしていた。笑いながら、もう手遅れだなとおすみは思った。

男は赤ん坊の小さな掌に人差指を握らせて、顔を覗きこんでいた。

「戻るかどうかはわからぬが、千太《せんた》をてなし子にしとうはない」

「てことは、戻ってくるんだね」

「先行きが見えぬのだ」

パカパカパカ、とお道化声《どけごえ》を上げながら、おすみは貞次郎に這い寄った。

「あたしゃ千太のことは心配しないでいいよ。ここの店賃《たなちん》は払えないかもしれないけど、長屋に引越せば何とかやってける」

もしこのときがきたら、お足の催促だけはけっしてするまいと、おすみはかねがね思っていた。江戸の妾ではなく、江戸の女房だという意地がおすみにはあった。銭金を口に出したら、てめえが妾だったと認めることになる。

赤坂新町のこの家は、いい仲になった早々に貞次郎が借りてくれた。二間続きの座敷に小体《こてい》な庭まで付いており、縁側から背伸びをすると、塀ごしに溜池の水面《みなも》を望むこともできた。

貞次郎が家を訪ねるとき、おすみは必ず「おかえんなさいまし」というが、「ただいま」という声が返ってきたためしはない。貞次郎はどこか悪びれるように、「邪魔する」と言う。そして、この家に泊まったことはただの一度もなかった。

そんなはんぱな夫婦《みょうと》でも、この暮らしがなるたけ長く続くよう、おすみは山王様に願をかけていた。

「ねえ、貞ちゃん。こんなこと聞きたかないけどさ、もしやお国で何かあったの」

「いや」

と、貞次郎はにべもなく答えた。そのそっけなさは、何かあったと白状しているようなものだ。どうもきょうの貞次郎はいつもと様子がちがう。おすみや千太との別れを嘆いているのではなく、むろんそれもあるだろうけれど、もっと重たい難儀を抱えているように見えてならなかった。つまり、その難儀のせいで女房子供を捨てるはめになったのだろうと、おすみは勘を働かせた。

「うそ。あたしはばかだけど、勘だけはいいんだ。言って楽になることだったら、何だって聞いてあげる。山王様よりましだよ。ウンもヒャアも言えるから」

貞次郎は千太のかたわらに腹這ったまま、気味悪いものでも見るようにおすみを見上げた。

「まあ、そんなことはどうでもよい。それよりも、おまえに折入って頼みがある」

嫌な予感がして、おすみは千太を抱き上げた。

「おとっつぁんたら、妙なお人だねえ。もう会えないかもしれないって金輪際のこのときに、折入っての頼みごとだとさ。つるかめつるかめ」

千太は手のかからない赤ん坊である。熱も出さぬし夜泣きもしない。顔は父親似だが、寝ているか笑っているかのこの気性は、あたし譲りだとおすみは思う。

「いずれ、千太を貰い受けたい」

どうせそんなことだろうと思った。だが、こればかりは了簡できぬ。子を産めぬ女房のかわりに、あたしァ腹を貸しただけなのかと、おすみは胸糞が悪くなった。

「いずれ、ね」

言い返す言葉を嚙み殺して、おすみは笑った。べつに言い争うほどの話ではない。いずれその日がくる前に、千太を抱いて雲隠れしてしまえばいい。女手ひとつで子を育て上げるのはさぞ大ごとだろうけれど、あたしもまだ若いんだし何とかなるさと、おすみは笑い飛ばすことにした。

「だとすると、この千太もいずれ百八十石取りの若様だね。果報なこった。でも、お侍ならば千太じゃうまくねえ。千太郎。吉岡千太郎。うん、悪かない」

冗談もたいがいにしよう。笑いながらつい千太の凜々《りり》しい若侍姿を思いうかべると、覚悟が揺らいでしまいそうだ。

だめだめ。二本差しの若様よりも、おっかさんといるのが一番。

母の温もりを知らぬおすみは、千太の頰を抱き寄せると声に出さずにそう囁いた。

「おまえにはさんざ世話になったうえ、無理まで言う。まことに申し訳ない」

「そういうことは言いっこなし。世話になったの世話を焼いたのはおたがいさま」

「不自由のないよう、できるだけのことはする。とりあえずのところ――」

ほら、おいでなすった。

さてこうもたちまち話が運んだのでは、金を受け取らぬ言い分が思いつかぬ。

「貞ちゃん。あのね」

と、おすみは苦し紛れに途方もない言いわけをした。

「内緒にしてたんだけど、あたしのことをずっと待っててくれてる人がいるんだ。腕のいい職人だから不自由はないの。貞ちゃんのほうがはっきりしたら、あたしはとっととその人のとこへ行くからね。だからとりあえずも何も、お足はビタ一文いりません。はい、一丁上がり！」

突然の宣言がよほど堪《こた》えたのか、貞次郎の顔は、夜空の色に沈んでしまった。

「わしの頼みごとは、どうなるのだ」

「それなら任しといて。あたしァその人の子供を産むからいいわ」

「はあ。そういうものかね」

「そういうものよ。女と別れるのに銭はかからねえ、ガキは貰える。こっちは日蔭の身から晴れてお天道さんの下さ。おまけに千太は吉岡千太郎様に出世して、なに不自由のねえ若様だとなりゃあ、きっとこれも山王様のご霊験。ひえェ、ありがたやありがたや、とくらァ」

　貞次郎は燗酒に口さえつけず、小半刻ばかり千太をあやして帰っていった。改まった別れの言葉はなく、おすみはいつものように木戸口まで送ったきりだった。

　その晩は家がひどく広く感じられた。冷えた燗酒を飲み、この世にいもせぬ鯔背《いなせ》な職人の夢でも見ようかと床についたが、目が冴えてしまった。

「こんな晩くらい、夜泣きのひとつもしとくれよ。薄情者か、おまえ」

　千太を寝かしつけてから、おすみは間に合わなかった袷《あわせ》の糸をほどいた。

「まったく、不器用ったらありゃしない」

　独りごちたり鼻歌を唄ったりして何とか心をごまかしていたが、着物が藍の木綿に戻ってしまったとたん、おすみは乳房を抱えて泣いた。

峠の頂《いただき》に立つと、七万石の城下町が掌の上に載った。

あたりの森は黄金色に染まっており、見上げれば山々には雪が来ていた。

茶店で一服すると見せて、稲川左近は供を遠ざけた。

「では申し合わせの通りで。よいな」

昨日は湯宿に泊まり、夜っぴいて手筈を練り上げた。

左近の語るところによれば、不貞の妻を成敗し、かつ女敵討をなすは道徳上の義務であるとともに、「公事方御定書《くじがたおさだめがき》」による夫の権利であるそうな。ただし、夫が手を下すには不義密通の現場を押さえることが必要で、はたして「御定書」にそこまで書かれているのか、あるいは通例そうと定められているのかは知らぬが、これは存外難しい話である。正しくは、たまたまそういう現場を見つけたならば斬り捨てても構いなし、というところであろう。

しかし、目付捕方に引っ立てられたとあっては家名を穢すこと甚しく、またそうした事件が表沙汰となるのは誰も好まぬから、できうれば成敗の権利を持つ夫が、その現場を確認して始末をつけてほしいのだ。

「女敵は商人《あきんど》ゆえ、よもや返り討ちの気遣いはないが、男を先に斬るほうがまちがいはない」

　堅い口調で左近は言った。茶を啜《すす》りながらも、二人は陣笠を冠ったままである。貞次郎の帰国は誰にも知られてはならなかった。

「くどいようだが、その商人の素性は知らぬのだな」

　何度も重ねている疑問を、貞次郎はもういちど口にした。表情から察するに、左近はおそらく知っている。狭い城下で向後《こうご》の憂いを避けるために、あえてその素性を明かさぬのであろう。

「渡りの商人ということでよいではないか」

　城下の商人ならば、店主にせよ番頭手代にせよ、おそらくは知った顔であろう。つまり左近は、斬り捨てた後もその者の素性は知らぬことにせよ、と暗に言うているのである。吉岡の家を潰さぬかわり、大切な商家も構いなしとする。不貞を働いた男女が、この世から消えてなくなるだけだ、と。

「よくできた妻と思うていた」

　貞次郎は独りごつように言った。

「よい妻御だ。わしの妻などに比ぶれば、みめ形も美しいし、舅姑どのにもよく仕えておられた」

「わしのせいか」

「さて。他人のことはようわからぬわ。しかし、家族もおらぬ屋敷に二年も放っておかれたのでは、魔が差すということもあるいはあるのかもしれん」

「だからと言うて、許せる話ではないわい」

貞次郎は胸の中で、妻と添うた年の数を算《かぞ》えた。祝言を挙げたのは貞次郎が二十一で、妻が十六の齢であったから、かれこれ十四年にもなる。

「子ができぬなら、離縁をすればよかったな。今さら詮ないことだが」

「わしとてあきらめたわけではないのだ。国元に帰ったらせいぜい子作りに励もうと思うておった。わしも妻も、まだ子のできぬ齢ではない」

西の山に陽が落ちようとしていた。黄金色の木々は朱の漆をかけたように華やいだ。

「貞次郎やい」

左近は煙管《きせる》の雁首《がんくび》を莨盆《たばこぼん》にがつんと打ちつけて、やおらきつい声で言った。

「やはりわしは、おぬしのせいもあろうと思うぞ」

ひやりとした。おすみと隠し子のことをたしなめられたような気がしたのだ。

「わしのどこに落度がある。言うてみい」

もし左近が秘密を知っているのなら、この場で申し開きをしようと思った。三十の半ばになって跡取りのない武士が、妾を囲って子を挙ぐるのは道理である、と。

「いや、落度はない。ただ、妻御は淋しかったであろうよ」

やはりすべてを承知している口ぶりに思えた。

貞次郎は考えねばならなかった。江戸のことを左近ばかりではなく、妻も知っていたとしたら――不貞は夫に対する命がけの意趣返しだったのではあるまいか。

咽《のど》の渇きを覚えて、貞次郎は茶を一息に飲み干した。左近のまなざしから顔をそむければ、城下は西山の影の中に沈んでいた。

先に帰国した配下のうちの幾人《いくたり》かは、貞次郎の秘密を知っている。万が一火急の変事があった場合、組頭が所在不明というわけにはゆかぬからである。噂話が巡り巡って妻の耳に入ったとしてもふしぎはなかった。

「わしは、女房を斬らねばならぬのか」

今さら見苦しいとは思うても、つい声になってしまった。

「つかぬことを訊くが」

と、左近は情を感じさせぬ冷ややかな顔を向けて言った。

「おぬし、妻御を好いておるか」

それはおのれでもどうかわからなかった。輿入《こしい》れの当日まで顔を見たためしもなく、新妻とはいうてもほんの子供だった。ともに暮らすうちにようやく大人の女になった妻は、惚れた仲というには程遠い。もし貞次郎に妹というものがあったら、およそそれに近いのではないかという気がする。

妻の夫に対する感情も、おそらく似たものであろうかと思う。

「愚問だな。おぬしの胸に聞けば早かろう」

切り返されて左近は苦笑した。

「わしは江戸で昌平坂の学問所に通うていたころ、惚れたおなごがおったがよ。今も夢に見るわい。叶わぬ夢だ。国元に帰ったとたん、知らぬおなごと祝言を挙げさせられてしもうた。つまるところ、惚れたおなごと夫婦《みょうと》になるのではなく、妻となったおなごに惚れるのがわしらの定めということになる」

「で、惚れたのかよ」

「それはなかなか難しい。長年ともに暮らせばそれなりの情というものは湧くが、いまだ江戸のおなごは夢に現れる」

「おぬしは頭がいい、肚《はら》の中で考えていることを、よくもまあうまく言葉にできるものよ。わしが答えあぐねておったところを、すっかり代弁してもろうた。つまり、そういうことだ」

「陽が落つるな」

左近はぽつりと言って山影に沈んだ城下を見おろした。体を休めていたわけでもなく、今夜の首尾を確かめ合うていたわけでもないことを貞次郎は知った。左近は夜の訪《おとな》いを待っていたのだった。

二人はそれから夜陰に紛れて城下に入り、貞次郎の屋敷から一丁ばかり離れた左近の役宅に向かった。

夫がひそかに立ち戻ったことを、妻と女敵に知られてはならなかった。深夜突然としてわが屋敷に帰り、お定め通りに不義密通の現場を押さえたのち、斬り捨てるのだ。

女敵討の検分は、報《しら》せを受けて駆けつけた御目付役、稲川左近がこれを行う。

もうどうなってもよいと、ちかは思う。

死んでしまえばその先には極楽も地獄もなく、真暗な闇の中で好いた男と自分とが、ひとつの石になる。割れめも裂けめもない、全き岩のかたまり。

そうにちがいないと、あるとき思いついてから、ちかには怖れるものがなくなってしまった。不貞を犯している罪の気持ちが、きれいさっぱりなくなった。きさぶもわかってくれている。こうなったときから、とうに命はかかっているのだから。

死んでもいいときさぶは言った。その一言が体を貫いて、むしろおののく男を抱きしめたのはちかのほうだった。

「ああ、いかん。眠ってしもうた」

闇の中で下帯のありかを探るきさぶの手を、ちかは胸に引き寄せた。肉も脂もない、おなごのような肌に鼻を埋めると、乾いた糠《ぬか》の匂いがした。

糠臭くはございませんかと、初めて抱かれた晩にきさぶは言った。八つの齢からの札差《ふださし》奉公で、蔵の中の匂いが体にしみついてしまったそうだ。その丁稚《でっち》がやがて手代になり、ようやくお店《たな》通いの番頭にまで出世をして、不貞の果ての打首では釣り合うまい、とちかは思う。だが、そう思えばこそ有難い。

きさぶは三十に近いこの齢まで白い飯が食えたのだから、死にざまなどはもうどうでもよいと言う。

「もそっと、こうしていて下され」

きさぶの胸に乱れた鬢《びん》を預けて、ちかは囁いた。かれこれ一年も経とうというのに、どう語りかけてよいかわからぬ言葉づかいがもどかしい。武家には武家の言葉があり、町人には町人の言葉がある。武家が町人に向き合うとき、居丈高な物言いをするのはむろんのことである。

身も心もひとつになったのに、囁き合う言葉ばかりが乗り越えたはずの垣根のへりに、いまだ柵《しがら》んでいた。

「ちか様は、わしのことを心底好いて下さっておりますのか」

きさぶも言葉づかいだけが、垣根を乗り越えてはいなかった。せめて「おちか」と呼んでくれれば、自分もいくらかは応じられそうな気がするのだが。

「なにゆえさようなことを」

「わしが百ぺん好いた惚れたと申し上げても、ちか様はそう言ってくれませぬ」

「生まれついて口にしたことのない言葉ゆえ、言おうにも言えぬだけです」

きさぶは褥《しとね》から手を抜き出して、肩を抱き寄せてくれた。

「旦那様にも、好いた惚れたとおっしゃったためしはございませんのか」

ちかは黙って肯いた。たしかにそうした言葉は、聞いたことも言うたこともなかった。

「お武家様は好いた惚れたをおっしゃらぬのでしょうか。それとも、好いた惚れたというお気持ちがなかったのでしょうか」

少し考えてからちかは、「その両方でございましょう」と答えた。とたんにきさぶは力まかせにちかを抱きしめ、唇を吸うてくれた。

すべてが蕩《とろ》けてしまう。罪も、怖れも、恥も。

そうした気障《きざわ》りの何ひとつなかったはずの夫との夜が、なぜあれほど不毛であったのだろうと、ちかはふしぎに思った。

夫は、飯を食い酒を飲み湯を使い、ちかを抱いた。それが貞節な武家の一日の、最後の務めであるかのように。むろんちかも、それを貞節な武家の女の務めと信じていた。好いた惚れたという言葉も気持ちも、そうした儀式の中には入りこむ隙間がなかったように思う。

「旦那様のことは、口にして下さりますな」

唇を離してきさぶのまなこを見つめ、ちかは小さく叱った。

好いているとは言えぬまでも、夫を嫌うていたわけではなかった。武士として非の打ちどころのない夫は、ちかの誇りであった。

いつまでも子ができなければ、離縁をされても仕方がないのだが、夫はけっしてちかを責めなかった。

輿入れをしてから数年が過ぎたころ、ちかは思いつめて里に帰ろうとしたことがあった。舅と姑に、遠回しの説諭をされたからである。

孫の顔を見ねば死のうにも死にきれぬのだと、舅はちかを火鉢の向こう前に据えて、いかにも思い切ったように言った。謹厳で無口な舅の言葉には、強い意志がこめられていた。

姑も言った。いかによくできた嫁であろうと、吉岡の血を絶やすわけには参りませぬ。しばらく宿下がりをして、滋養に相努めなされ、と。

冷たさを感じたならば、里に帰る気などむしろ起きなかったかもしれぬ。だが嫁としてのちかを、わが子のごとく可愛がってくれていた舅姑の表情は、苦渋に満ちていたのだった。

ちかは下城した夫に、三つ指をついて暇乞いをした。かくかくしかじかと訴えたわけではなかった。

しかし、暇乞いを聞いたとたん、夫の顔色は怒りで上気した。

おまえの決心ではあるまい、と言下に断じた夫は、ちかの腕を掴んで父母の居室に引いて行った。そのとき舅姑に向かって夫が言うてくれた言葉の逐一が、ちかは忘られぬ。

父上母上に申し上げます。ちかは吉岡の嫁である前に、貞次郎が妻にござりまする。その夫の頭ごしにとやかく物をおっしゃられるは、いささか心外に存じまする。いずれ離縁ならば早いうちのほうが、ちかの身のためにもなろうというお心遣いはありがたく存じつかまつりまするが、ちかは犬猫ではござりませぬ。勝手に拾うて勝手に捨つるなど、よしんばいかな大罪を犯したにせよ、人の道にはずれましょう。いわんや子を作《な》せぬは天の配剤にして、ちかの罪ではござりませぬ。それを罪と申されるのであれば、夫たる貞次郎も同罪にござります。勘当してともにこの屋敷から放逐なされませ。

そのときの夫の激昂ぶりを思い起こせば、さすがにちかの胸は痛んだ。子はできなかった。舅も姑も、そのことばかりを気がかりとして死んだ。子の作せぬは天の配剤であるとしても、不孝が罪であることはたしかだった。

その罪を雪《すす》ごうという思いで、ちかは夫を求め続けた。しかしやはり子はできなかった。

「せつのうございますか、ちか様」

きさぶの糠臭い指が、ちかの瞼《まぶた》を拭う。こうしていると淋しさからは免れるが、せつなさが募って涙になった。

広い屋敷にはまだ幼さの抜け切らぬ女中と、門長屋に住まう老僕がいるきりである。どちらも話し相手にすらならぬ使用人だった。

ほんとうはこの淋しさに負けたのかもしれぬと、ちかは思う。

急な江戸勤番のお役目は、せいぜい三月か四月、長くとも半年という当初の話であった。その半年が過ぎたあたりから、夫の便りも途絶えてしまった。筆まめな夫が近況を報せてこなくなった理由は、先に帰国した組付の妻の注進《ちゆうしん》で知った。

藩邸から程近い町場に家を借り、夫は妾を囲っていた。

思いもよらず長いお勤めとなりましたゆえ、それも仕方ありますまい。どうか他言なさりませぬよう、とちかは平常《へいぜい》を装って口封じをした。むろん内心は穏やかではなかった。その日から、屋敷がいっそう広く、虚《うつ》ろに感じられた。

やがて、別の組付の妻が注進に及んだ。

配下の徒士侍が組頭たる夫と強い絆で結ばれているのと同様に、その妻たちはちかを敬い、ときには阿《おもね》った。ここだけの話ではございますが、ちか様——という注進をもたらしたのは、一人や二人ではなかった。

妾が男子を産んだ。その噂を耳にしたときばかりはうろたえた。組頭の妻としての威厳を、保つことすらできなかったと思う。どういう顔で、どう受け応えをしたのかも記憶にない。

その日からは、屋敷が洞《ほら》のように広く虚しく感じられた。

妾の素性までは知らぬ。知らぬゆえに怖ろしかった。いずれ夫は、そのおなごと子供を国元に連れ帰るやもしれなかった。城下に妾宅を営むか、あるいはこの屋敷に住まわせるか。

子を作すための蓄妾は黙認される。吉岡の家の事情を察すれば、已《や》むをえぬとおそらく誰もが思う。もしそうとなれば、すべての事実を受け容れて賢婦と崇められる自信が、ちかにはなかった。夫がどう宥《なだ》めようと、里に戻るほかはあるまい。

もうひとつ考えられることがあった。夫はこのまま、江戸定府《じょうふ》を願い出るのではなかろうか。上司がそれぞれの立場を勘案すれば、最も波風の立たぬ方法にはちがいないから、要望は聞き届けられるやもしれぬ。自分は妻のまま、国元に捨て置かれる。

もしや夫は、いつまでたっても帰れぬのではなく、あえて帰ろうとしていないのではなかろうか、とも思った。三月か四月のはずのお役目が二年半にも延びた理由としては、そう考えるほうが自然である。

障りのない近況だけを認《したた》めた手紙を、ちかはいくども書いた。夫からの正直な告白と、先行きについてを知りたかった。だが、梨のつぶてであった。

実直な夫は、たぶん申し開きができぬのであろう。障りのない手紙が夫の良心を苛《さいな》んでいるやもしれぬと思って、ちかは筆を執《と》ることもやめた。

暗く広い屋敷には、針の筵《むしろ》が敷き詰められてしまった。

そんな折に、きさぶが現れたのだった。

御禄米を銭金に替える札差とのやりとりは、夫が江戸勤番についてからはちかの務めになった。ここぞとばかりに利を計ろうとする番頭手代の中で、きさぶだけは誠心ちかの味方になってくれた。

ちか様。わしは死んでもようございます。

その一言が商人の冗談ではないと知ったとたん、ちかの体を縛《いまし》めていた紐は解け落ちた。

「もそっと、こうしていて下され」

うまく言い表わせぬ言葉をようよう声にして、ちかはもういちど囁いた。

どうなってもよい。

むろん、死んでしまっても。

この人と石になる。割れめも裂けめもない、全き岩のかたまりに。

夜も更けて子《ね》の刻を過ぎたと思われるころ、稲川家の内庭に老僕と幼い女中がやってきた。

「主のおぬしから労うてやらねば、この者たちは後生が悪かろう」

左近の気配りのよさに、貞次郎は感謝せねばならなかった。

老僕も女中も、主に味方したのか裏切ったのかわからぬ様子で、縁先に膝を揃えたまま震えていた。

「ご苦労であった。向後も従前通り仕えよ」

雨戸を一枚だけ開けた廊下に出て、貞次郎は二人に声をかけた。

月に照らされた左近の顔が、「それだけか」とでも言いたげに貞次郎を睨《ねぎろ》んだ。老僕は父の代からの忠義者であるし、女中は年端もゆかぬ。ましてやこの二年半、妻の独り身を支えてくれた者どもであると思えば、何と言うてよいやらわからなかった。

左近は踏石に裸足を置いて腰をおろした。言葉のつながらぬ貞次郎にかわって、噛んで含めるような説諭をしてくれた。

「二人とも、わしの話をよう聞け。おぬしらもかねて存じおる通り、吉岡の妻御どのは許されざる大罪を犯してしまわれた。ことが公となり、お縄を頂戴するような仕儀に至れば、吉岡家はお取り潰しということにもなりかねぬ。だから、おぬしらがわしの意をよく受け、目付役のお勤めに加担してくれたことは、ゆめゆめ主を売ったわけではのうて、主家を思うがゆえの忠義じゃ。おぬしらもさぞつらかろうが、これなる吉岡どののつらさとは比ぶるべくもないのだぞ。吉岡どのはこれより、おのれが屋敷に打ち込んで、妻御どのとその相方の男を斬り捨てねばならぬ。すべては、吉岡の家を永らえるための、万已むをえぬ始末である。わかったな」

かたじけない、と貞次郎は小声で詫びた。

「ところで、不貞の輩どもは今も屋敷のうちにおるのだな」

左近の問いに、老僕は平伏したまま体じゅうで肯いた。

「奥居にて、ひとつ床に入っとります」

「まちがいないか」

「ぼちぼち男は帰っちまうころでござんすが」

左近は立ち上がって、二人の前に二分金を投げた。

「ようやった。吉岡の家はこの稲川がけっして滅さぬ。おぬしらも従前通り奉公せよ」

貞次郎は奥座敷に戻って袴の股立《ももだ》ちを取り、刀の下緒《さげお》をほどいて襷《たすき》にかけた。着物は旅装束のままである。夜旅をかけて屋敷に帰りついたとたん、不義密通の現場を、たまたま目撃してしまったのだ。

「わしも門前まで同行する」

「その要はない。妻と女敵を成敗したのち、戻って参る」

「いや。もし女敵が抗《あらが》うようであればわしが加勢する。逃がすようなことがあってもならぬしな」

そうではなかろうと、貞次郎は睨み返した。

「わしが信じられぬのか、左近」

「信じろというほうが無理であろうよ。たとえ不貞を働いた女房でも、情において斬ることは難しいはずだ」

「わしがためらうならば、おぬしが成敗をするというわけか」

「あるいは、そうなるやもしれぬ」

「それも御目付役の領分か」

「ちがう」と、左近は厳しい声で言った。

「吉岡の家は滅さぬと、わしはあの者どもに約束した。武士に二言はない」

それも嘘であろうと、貞次郎は思った。むろん目付の領分などでもあるまい。ひたすら友の立場と、父祖が交誼をつくしてきた同輩の家を守ろうとしているのだ。嫌なやつだと毛嫌いし続けてきたが、やはりこの侍を重用した御殿様は炯眼《けいがん》にあらせられる。

「勝手にせい」

思うところが言葉にならず、貞次郎は刀の目釘を確かめながら座敷を出た。

不穏な軋《きし》みが廊下を近付いてくる。

それが使用人の足音ではなく、物盗りでもないことはわかった。たとえどれほど忍んでこようと、夫の帰る気配が伝わらぬようでは、武家の妻は務まらぬ。

こわばってしまった男の胸に、ちかは乳房ごとのしかかった。

「死んでくやれ」

きさぶはちかの体を押し返そうとしたが、もういちど「死んでくやれ」と言うと、両手を腰に回して抱き寄せてくれた。

奥居の闇に、のそりと人の立つ気配がした。夫にちがいない人影は、しばらくこちらを見おろしていた。

「ただいま、帰った」

低く虚ろな声で、しかし下城したときと同じことを夫は言った。それから、襷をかけた肩をすぼませて、柱にもたれてしまった。

この静けさは思うてもいなかった。夫は怒りにかられて問答無用に、ちかときさぶを斬り捨てるはずだった。ちかの乳房の下で、きさぶの胸が轟《とどろ》いていた。

「どうぞ、ご存分に」

顔をなかば振り向けて、ちかは夫の怒りを急《せ》かした。刀の鯉口《こいくち》を切る音がし、鞘《さや》がかたりと鳴った。しかしそれなり、夫の動く気配はなくなった。

ちかの脳裏にまったく思いがけなく、夫と過ごした歳月が映し出された。人はその死に際に臨んで、生涯をありありと甦らせるというが、つまるところおのれの人生の多くは夫とともにあったのだと、ちかは思った。

夫という名の兄であった。強く、やさしく、不器用だが何ごとに臨んでも丹念な、大好きな兄であった。

「ちか」

と、夫は力ない声で名を呼んだ。

「はい」

「わしを責むることがあれば、言うてほしい。無念をあの世に持って行かせたくはない」

それは言うまい。妾を囲い子を作したのは、責むるほどの罪ではないのだから。おのれのうちなる女の本性が、ただ牙を剝いて憎んでいるだけなのだから。なぜなら、夫がちかにとって夫という名の兄であったように、夫にとってのちかは、妻という名の妹であったにちがいないのだ。きっと、大好きな妹だった。

夫の脳裏には、十六の齢からともに育った、褥も湯もともに使うたほどの仲のよい妹の姿が、ありありと巡っているはずであった。

「ちか」

「はい」

「おまえはその男を好いておるか」

ためらうことなく、ちかは「はい」と答えた。

「わしへの意趣返しではないのか。あるいは無聊《ぶりょう》を慰《なぐさ》め、淋しさを紛らわすための、いっときの迷いごとではないのか」

「けっしてそのようなことはございませぬ」

きっぱりとそう答えれば、たちまち刃が襲うと思っていたのだが、ちかの覚悟に反して夫はいっそう力を落としてしまったように見えた。

「そうか。ならばよい」

夫は座敷を踏みしめて褥のかたわらに立った。

「しからば女敵に訊ぬる。おぬしはちかを好いておるのか」

胸を早鐘のように轟かせながら、それでもきさぶは裏返った声で答えてくれた。

「はい。ゆめゆめ迷いごとではございませぬ。どうぞご存分に」

きさぶの顔は知っているはずだが、夫は驚く様子を見せなかった。

「起きよ。抱き合う姿を見とうはない」

夫はくるりと背を向けてしまった。ちかはきさぶを蒲団にくるんで引き起こし、寝巻に袖を通して座った。首を打たれるのだろうと思った。

しかし夫は、いきなり思いがけぬことを言った。

「ちか」

「はい」

「やはりおまえを斬ることはできぬ。おまえの好いた男も斬れぬ。夜の明けぬうちに去《い》ね。屋敷にある金はすべて持って出よ。これも持ってゆけ」

夫は懐から巾着を抜き出して、どさりと畳の上に投げた。

「それではおまえ様のお立場が――」

大きな影の首だけを俯《うつむ》けて、夫は声を絞った。

「わしはおまえを追い出すのではないぞ。この屋敷に、後添えなど迎え入れるつもりもない。吉岡の家は、わしを限りに絶えればよい。どう考えようと、人の命より家の命のほうが重かろうはずはあるまい」

そのとき、廊下でまた軋りが聞こえた。柱から覗いた顔が座敷の闇を窺《うかが》い、歯切れのよい、いかにも賢《さか》しげな声がこう言った。

「徒士組頭吉岡貞次郎の姦婦成敗《かんぷせいばい》、ならびに行商人なる女敵討ち果たしたるところ、目付役稲川左近がたしかに検分いたした。吉岡は追って沙汰あるまで当屋敷内にて謹慎申し付くる。みごとであった」

峠の頂に立って、おすみは赤ん坊の掌に小さな城下町を載せた。

自分の掌にも載ったのだから、きっと千太の掌にも載るだろうと思って試してみると、御城も御天守も、屋敷町も寺も神社も、みな細工物のようにひょこたんと載ってしまった。

「いいかい、千太。こんなちっぽけな城下町じゃあ、江戸育ちのおっかさんは息が詰まっちまう。おまえをおっぽらかしてとっとと江戸に帰るけど、恨みごとは言いっこなしだよ。お屋敷にはおとっつぁんもいるし、きっとやさしいおっかさんもいなさる。いつもみたいににこにこ笑って、せいぜい可愛がってもらうんだよ」

千太の笑顔にひとひらの雪が舞い落ちて、おすみはたそがれの冬空を仰いだ。山々は真白な衣にくるまれており、夕映えを押しやって鈍色《にびいろ》の雪雲が迫ってきていた。

女手ひとつの子育てに音を上げたわけではなかった。むろん跡取りのない侍の願いを聞き入れたからでもない。

ふた月の間に考え詰めたことは、千太の幸せだった。母を知らぬ自分は、母と暮らすことが一番の幸せだと思っていたのだが、男の千太にそれを強いるのは、てめえのわがままだと気付いた。

深川の長屋に引越して、千太をおぶったまま飯場の賄《まかな》いに精を出した。食っていくだけでかつかつだった。それこそ鯔背な職人でも現れぬ限り、千太は読み書きすら覚えずに、着のみ着のままで大きくなるほかはない。はやり病にでもかかれば、たぶんいちころだ。

ねえ千太。おまえ、どっちがいい。

日ましに冷えこんでゆく長屋で、おすみは物言えぬ千太に問い続けた。もし他人に訊こうものなら、百人が百人こう答えるにちがいなかった。

そりゃあ、百八十石取りのお侍のほうがいいに決まってらあ。てめえのわがままを通したら、いずれ子供に恨まれるぜ。

北国の城下町が雪に埋もれる前に、千太を連れてゆこうとおすみは思った。奥方様には会いたくない。門番に千太を預けて、逃げてしまえばいい。

「おっかさんの勘は百発百中だ。奥方様はおっかさんと比べものにならないくらいのべっぴんで、おつむもよくってやさしいお方さ。きっとおまえを、おっかさんよりも可愛がってくれるよ」

あたしのおっかさんは、捨てた赤ん坊のことをいつまで覚えていたのだろうと、おすみは思った。きっと、捨てたとたんに忘れてしまった。忘れたいから捨てたのだ。

「でも、おっかさんはおまえを忘れない。捨てるんじゃないんだから。おい、千太。聞いてんのか。金輪際の親子の別れのときぐらい、泣いたらどうだね」

峠道を下り始めると、雪がさあと音を立てておすみを追ってきた。

この先はおぶわずに抱いてゆこう。千太のぬくもりをこの手で覚えておきたい。

抱き歩きに慣れていないせいか、顔に降りかかる雪が冷たいのか、峠道の下りで千太がふいに泣き始めた。

捨てないで、と泣いているように聞こえた。そう思ったとたん悲しみがいっぺんに噴き上がって、おすみは声を合わせて泣き始めた。

峠を降り切って城下に入る番所にたどり着くまで、おすみと千太はわあわあと泣きながら歩いた。

日の昏《く》れた番所には篝《かがり》が焚かれ、何人かのやさしげな役人がいた。きつい詮議をする様子はなかった。

「御組頭の吉岡貞次郎さんに、この子を届けにきたんです」

べそをかきながらおすみは言った。すると、どうしたわけか番所の中がてんやわんやの大騒ぎになった。何か困ったことになるのではなかろうかと、おすみは身を固くした。

「おぬし、もしや江戸の赤坂新町におられたか」

奥から出てきた初老の番士が、まるで敵《かたき》にでも出《で》くわしたかのような大声で訊ねた。

「やはりさようか。御組頭様はどれほど喜ばれるかわからぬぞ。拙者がお屋敷までお送りいたそう」

子を抱き取ろうとする侍の手を遁《のが》れて、おすみは懇願した。

「御門前まで、抱かせて下さんし」

その先は提灯を提《さ》げた三人の侍が、おすみと千太に付き添った。

雪は屋敷町の小路を真白に被《おお》っていた。御門前に着いたならこの雪道を駆け戻って、さて今夜はどうしたものかと、おすみは初めてとまどった。

涙はすっかり乾いてしまった。千太は泣き疲れて眠ってしまった。

どうしてだろう。勘が働かない。この先はたぶんこうなるというおすみの勘はいつも百発百中で、何の取柄もないのに生きてくることができたのは、そのおかげだった。

悪い話はいつだって上手によけてきた。いいことは――勘働きがするほどなかったけれど。

今夜の宿どころか、すぐ目先のことが何もわからない。

「お名前を伺うてもよろしゅうござりまするか」

妙にていねいな口調で役人は訊ねた。

「おすみ、です。この子は、千太――千太郎です」

大きな長屋門はとざされていた。役人は提灯を高くかざし、雪空に向かって大声を上げた。

「夜分お騒がせいたし申す。江戸表より、ご当家にお客人でござりまする。吉岡すみ様、吉岡千太郎様、ただいまご着到になられました。お出合いめされよ」

振り返れば、駆け戻るはずの小路には粉雪の帳《とばり》が立てられていた。まるで、おすみの帰り道を阻むかのように。

何もわからない。この先どうなるかが。

おすみは痺れた片腕を背に回して、荷物のありかを確かめた。あやうく忘れちまうところだった。荷の中には、夜っぴいて仕立て直した袷が入っていた。奥方様には申しわけないが、あの人に袖を通してもらいたい。道中の旅籠で、ようやっと縫い上がったのだから。

とざされた門の向こうから、下駄の歯音が近付いてくる。

いっこうに勘は働かないけれど、とりあえずこれだけはと思い定めて、おすみは雪空を仰ぎながら、にっと笑顔を繕った。

*

たしかに昨今、「貞」は死語と化した。むろん、「不貞」も同じである。

もっともその語源は「神意にかなうほどの真実」であるのだから、狭義でいうところの「男女の貞操」にこだわるべきではあるまい。だとすると、この一字の喪失はもっと重大なことであるのかもしれぬ。

作中のちか女はたしかに狭義でいうところの不貞を働いたが、「貞」の語源からすると実は貞女であったともいえる。夫の貞次郎についてもまた然りである。

人間はそもそも神の造物であるのだから、つまるところ人為の法律や道徳を超越して、本能の命ずるままに人間らしく生きることこそが、神意にかなう真実、すなわち「貞」なのではあるまいか。

厚い卒業生名簿を閉じて、しばらく考えた。幸い私は物事をけっして悲観的には捉えぬ得な性分である。

戦後世代の名前から「貞」の一字が消えたのは、その文字の意味が狭義の呪縛を解かれて人々に正しく理解されたからなのではなかろうかと思った。すなわち、自由に人間らしく生きることに人々が目覚めたから、それをあえて示唆する「貞」の文字も必要とされなくなった、という考えはどうであろう。

物語に書きおおせなかった行末を、私は勝手に想像する。

すみ女はこのさき苦労をするにちがいないが、あの気性ならば何とかなるであろう。笑顔のいい女は必ず幸福になる。

奥州財部藩なる架空の国が、やがて来たるべき明治維新にどういう運命をたどったのかはわからぬけれど、時の執政稲川左近に任せておけば、まず悪いことにはなるまい。

ちか女ときさぶのその後は考えるだに不粋という気がする。だがおそらく、ちか女はどこかで愛する人の子を産んだ。

なぜなら、語源に従えば彼女こそ神意にかなう真実を体現した、貞女だからである。自然に、人間らしく生きる道を歩み出したちか女が人の母となるのは、けだし当然であろう。

兄のような夫であった貞次郎は、おそらく別れに臨んでは万感の思いをこめて、「ちか、子を産めよ」と言ったはずである。

物語の紙数が尽きたとき、私はたしかにその声を聞いた。

江戸残念考

戦後生まれの私は、「チャンバラごっこ」なる遊びに興じた最後の世代であろう。

プラスチックの玩具が登場する以前の話で、いたいけな子供の遊びとはいえ使用する刀はブリキ製か棒きれであったのだから、今にして思えば危険きわまりなかった。

そのわりにチャンバラで怪我をしたという記憶も、人を傷つけた覚えもないのは、子供らが遊び道具の危うさを知っていたからであろう。遊びが昂じて喧嘩になることはしばしばであったが、その際にはたがいに刀を捨てて殴り合うというマナーも心得ていた。

子供の数が多く、親は働くことに懸命で、満足な子育てのできなかった時代にはなるほどその子供らにも分別があったらしい。

私は斬《き》られ役を好んだ。悪役になるのは嫌だったが、役どころの善悪にかかわらず、斬られて死ぬのはチャンバラの醍醐味であった。

何しろ得物《えもの》は重量感のあるブリキの刀であるから、袈裟がけにバッサリ斬られると、かなり現実味をもって死の擬態を演じられた。この演技がうまくできれば子供らからは尊敬され、自ら一場面の主人公として悦に入ることもできた。

ところが中には、斬られても死のうとしない負けず嫌いの子供がいて、それは一種のルール違反であったから、しばしば揉め事の種となった。

チャンバラごっこは、いわば集団の即興劇である。つまり「斬られたら死ぬ」という約束事があったればこそ、チャンバラは成立する。だからそういう負けず嫌いの子供は仲間はずれにされた。

私は死にざまに自信があった。私がいなければチャンバラが始まらぬというほどの人気の秘訣は、ひとえに誰も真似のできぬみごとな死にざまにあったのだと思う。

斬られた瞬間、動きを止めて抗《あらが》うに抗いえぬ心を残し、「む、無念!」もしくは、「ざ、残念!」と叫んでどうと倒れるのである。演技はともかく、この「残念無念」のセリフは妙に子供らに受けた。私が斬られて死ぬ場面はチャンバラの華とされ、そのときだけは全員が斬り合いをやめて、私の死にざまに見とれたほどであった。真似る子供もいたけれど、「残念無念」のセリフは下手であった。

そもそも私にこの演技指導をつけたのは祖父である。いたずらで祖父の背を斬りつけたとき、「ざ、残念！」と叫んで死んでくれた演技が真に迫っており、私は感動の余りその死にざまを教わったのであった。

よその子供らが真似ようとしても下手であった理由は、おそらく私の「残念無念」に魂がこもっていたからではあるまいかと、のちになってから考えた。

私の家には、「御一新の折にはひどい苦労をした」という言い伝えだけが残っていた。その「ひどい苦労」が具体的にどういうものであったかは知らない。言えば愚痴になるという武士の見識から、詳細は伝えられなかったのであろう。

しかし、明治三十年生まれの祖父が、幼いころにそのまた祖父から「残念無念」の死にざまを伝授されていたとすると、いわば一家相伝のその迫真の演技も肯《うなず》けるところである。よその子が真似ようにもうまく真似られなかった理由もわかるような気がする。

いったいわが父祖がどんな苦労を舐《な》めさせられたのか、「残念無念」のセリフになぜ一家相伝の心がこもっているのか、あれやこれやと思いめぐらせているうちに、私の魂は御一新の昔に飛んでしまった。

*

慶応四年戊辰の年の正月は、いつに変わらず太平無事に明けた。

昨年は師走の足音も聞こえるころになってから、将軍家の御辞職、大政の奉還という大変事があったのだけれど、何がどうなったところで八百万石の身代は揺らぐまいと、人々は閑《のど》かな春を迎えたのであった。

二百六十余年の甲羅を着た江戸の町である。昭徳院様《じゅうしだいさま》が長州征伐の陣中でお隠れになったあとの昨年の正月は、どの家でも祝い事は差し控えたから、喪の明けたこの正月はむしろ常にも増した華やぎが感ぜられた。

元日は寝正月を定《き》めこんで、浅田次郎左衛門《あさだじろうざえもん》が年賀の挨拶回りに出たのは二日の早朝であった。

浅田家累代の御役目は、御先手組《おさきてぐみ》与力である。出世などしようと思うな、ただ家を保《たも》てというのが、先年亡くなった父の遺言であった。正月がめぐってくるたびに、次《じ》郎左《ろうざ》はその遺言を思い返す。

年賀の礼といっても、百五十石取り与力のそれは手がかからぬのである。半裃を着け、槍持の中間《ちゅうげん》に従者のひとりも伴って御組頭の屋敷に伺うだけでよい。よほどの義理でもない限り、そのほかの屋敷を訪ねる必要はなかった。

上司の御組頭は千五百石取りの布衣《ほい》であるから、これは忙しい。来る者も多く、またこちらから礼を尽くさねばならぬ幕閣重臣も数多い。また、組付の同心もそれはそれで忙しい。一組に三十人から五十人ほど、不定数で付属する同心は組替えがしばしばあるので、たとえ玄関先の挨拶でも与力の屋敷を端から回らねばならなかった。

馬上与力の組替えもないわけではないが、御組頭の体面上、よその組頭への挨拶はせぬのがむしろ礼儀とされていた。したがって上司と下役の正月は忙しく、与力の正月は閑かであった。

それでも家督を継いだばかりの若い時分には、先輩の与力の屋敷を回らねばならなかったが、今や四十の坂を越した与力中の先任である。このごろになるといよいよ、出世などしようとせずにただ家を保てという父の遺言が、ごもっともに思えてきた。

市ヶ谷台上に威を誇る尾張殿上屋敷の北には、旗本御家人の屋敷が大小とりまぜてみっしりと犇《ひしめ》く。御先手組をはじめ、百人組、御持筒《おもちづつ》組、御旗《おはた》組といった武方の組屋敷も多く含まれていた。

御組頭は留守であった。何でも元日の晩に使者があって、二日の早朝から御登城だそうな。

「旦那様。少々お耳を」

御組頭の屋敷門を罷《まか》り出るとじきに、孫兵衛《まごべえ》が囁《ささや》きかけてきた。

この七十翁は祖父の代からの郎党で、まるでそこを終《つい》の栖《すみか》と定めたように、浅田家の門長屋に独り身を託《かこ》っている。若い時分からひどい老け具合であったせいか、むしろ近ごろは他人が齢を聞いて愕《おどろ》くほど矍鑠《かくしゃく》としていた。

「めでたいめでたいと言うておる場合ではないような気がいたしますが」

孫兵衛は一見いてもいなくてもいいような朴念仁であるが、その思慮深さには次郎左の恃《たの》むところも大きかった。

「ほう。何かまた耳に入ったか。ぜひ聞かせてくれ」

孫兵衛は地獄耳の持ち主である。どうやら旗本御家人の郎党たちの間には、主人の耳には入らぬ噂の道があるらしい。思慮深い孫兵衛はそれらの真偽を選《よ》り分けて、これぞという噂を時おり次郎左に耳打ちしてくれる。

「どうやら大坂に御出張中の上様は、薩摩長州と一戦《ひといくさ》なされる御覚悟かと」

えっと思わず声を上げて、次郎左は立ち止まった。

「奥向の茶坊主から洩れ聞くところでは、上様にはそのつもりはないが、会津桑名の藩兵どもがどうにも止まらぬそうで。年が明くれば大坂城を押し出して、君側の奸物《かんぶつ》を除かんとて京に攻め上るとなれば、総大将の上様が肚《はら》をお決めになるほかはござりますまい」

「で、合戦となるのか」

「おそらくは。御組頭様が急遽御登城になられたわけは、留守居の御先手組にも出陣のお下知かと」

「何と。こうしてはおられぬではないか。たしかにめでたいなどと言い合うている場合ではない。戦仕度をせねば」

「そうなされませ。ゆめゆめ遅きに失してはなりますまいぞ」

次郎左は凍った路上を駆け出した。走ることなど絶えて忘れた四十の体はじきに息が上がったが、さすがに七十の孫兵衛は置き去った。

御先手組はその名のごとく、徳川の先鋒である。大坂には多くの組が従っており、次郎左の属する組は留守居であった。すわ合戦となれば、まっさきに陣触れのかかることに疑いようはない。

息をあらげて走りながら、次郎左の頭の中に見慣れぬ神符が張りめぐらされた。合戦。陣触れ。戦仕度。先駆け。討死《うちじに》――それらの言葉はすべて武士たるものの本義を表わすのだが、何しろ今を去ること二百五十余年前の大坂夏の陣以来使っていなかったから、日常の言葉というよりもまこと神符に等しかった。

いつに変わらぬ正月の景色が過ぎてゆく。晴れ上がった空には紙鳶《たこ》が悠々と飛んでおり、羽子《はね》をつく女どもの笑い声も聴こえた。獅子舞や鳥追がすれ違った。

二百五十余年ぶり、という言い方では捉えどころもない。三河安祥《あんじょう》以来、権現様に従った浅田家初代から算《かぞ》えると、おのれで十九代目である。元和《げんな》の大坂攻めに加わったのはその三代までであるからして、四代目から十八代目の父まではまったく合戦を知らぬはずであった。

次郎左は走りながら指折り算えた。つまりつごう十五代の当主が平穏無事に暮らしたあげく、合戦という武士の本義がおのれの上に降り落ちてきたのである。

まさしく、そうだと言われたところでにわかには信じ難い神符にちがいなかった。

みちみち加賀屋敷の馬場へ乗馬始めに向かう同輩の与力たちと行き会ったが、馬上から声をかけられても、「それどころではない」と言い返した。

よくよく考えてみれば、この正月が太平無事に迎えられているのはふしぎなことである。上様が江戸にご不在の正月というのも、甚《はなは》だ尋常を欠いている。しかも諸藩の藩兵を併せれば一万を超す軍勢を率いて、大坂城にご滞陣中というのだから、合戦という言葉を考えもせぬほうがおかしかった。

そもそも武士の本分である合戦というものが、次郎左の頭からも悉皆《しっかい》抜け落ちていたのである。

合戦は遠い昔の出来事だが、年始回りや乗馬始めや雑煮や紙鳶揚げは、毎年くり返される正月の行事であった。四十を過ぎた次郎左ですら、孫兵衛に言われて初めてそうと気付いたのであるから、老獪《ろうかい》な陪臣を持たぬ若い同輩たちが、切迫した事態を感じ取るはずもなかった。

あろうことか屋敷には三河万歳が上がりこんでいた。

近在の御組屋敷に住まう旗本御家人は、もとを正せばあらまし三河武士である。万歳は年に一度のこの稼ぎどきに、ここぞと狙い定めた屋敷には鼓を打ち鳴らしながら玄関から上がりこむ。門づけをして、男の気配がないと読まれたのであろう、表向の座敷からは女子供の喝采が聞こえた。

「やあ、これはこれは、旦那様のお帰りじゃ。しからば万歳はこれにて退散、と思いきや、お屋敷を出ようにもお足がない。お足がなければ歩くに歩けぬ。さてさて、どうしたものやら。のう、才蔵」

派手な大紋を着た太夫が座敷にぺたりと尻餅をつき、才蔵が鼓を打ちながら次郎左のまわりを歩き回る。怒鳴りつけるのも無粋であるから、次郎左は太夫の膝元に二分金を投げつけて奥へと入った。

「おお、さすがは御先手組御与力様じゃ。ほれ、お足が生えた毛も生えた。しからば才蔵、次なるお屋敷へと、退散、退散」

奥の間に入ると、次郎左はたまたま正月ゆえ床に飾られた家伝の具足の前にかしこまった。二百五十余年の間、ただの一度も使われることなく、正月の飾りとなっている鎧兜《よろいかぶと》である。

兜の錣《しころ》や鎧の縅《おどし》は代替わりの際に修繕するので、すぐにも役には立つであろう。だが両脇に置かれた弓矢は怪しい。矢を納めた箙《えびら》などは、漆《うるし》がすっかり剝《は》げ落ちた古道具の体《てい》である。それよりも何よりも、御先手の弓組馬上与力であるにもかかわらず、次郎左はこの具足を身につけて騎射をしたためしがなかった。

「これ次郎左殿、いかがいたした。正月早々、御組頭様が何かつまらぬことでも申されたか。おまえ様の不機嫌な顔は、お父上の葬式以来じゃ」

次郎左は声を呑み下した。老いた母に言うべきことではなかった。ましてや江戸詰の水戸藩士の家から嫁に入った母は、大樹公《たいじゅこう》が大の贔屓《ひいき》である。いざその御方が総大将となっての合戦だなどと知れば、興奮の余り卒倒するやもしれなかった。

「いや、乗り初めに遅れてしもうたので、あわてて帰った次第でございます」

「四十を越して乗り初めなどやめおけ。正月から怪我でもしたら、それこそ御組内の笑いものぞ《ぞ》。馬場には弥一郎《やいちろう》が見物に行っておるゆえ、それでよかろう」

もとよりそのつもりであった。同年輩の与力の何人かは、すでに家督を譲った隠居の身である。嫡男の弥一郎はまだ前髪の取れぬ齢であるからそうもいかぬが、父に代わって乗り初めの見物をさせれば、それでよかろうと考えていた。

ちっともよくはない、と次郎左は家伝の具足の前でうなだれた。こうしてのんびりと正月を過ごしている間にも、大坂の同輩たちは会津桑名の藩兵たちとともに戦場に向かわんとしているのである。それはそれで名誉なことであるが、彼らはみな自分と同じ程度の心掛けの者たちであった。京都守護職会津、所司代桑名の侍に伍して存分な働きなどできようはずはなかった。

妻がこのごろとみに肥えた顔を覗かせた。

「ああ、おかしい。三河万歳め、過分の祝儀に目を丸うしておりましたぞえ。あらまあ、いかがなされましたか、旦那様。どこかお具合でも」

「具合など悪くはない。すっかりなまってしもうた体を、ご先祖様に詫びておっただけだ」

「ほほ、四十を越せば体のなまるのも当たり前。痛いのつらいのと申されても、弥一郎に家督をお譲りになるまでは、もうあと五年ばかり辛抱して下さらねば」

きょうばかりは明るく朗らかな妻の気性が癇《かん》に障《さわ》った。呑気《のんき》な母と陽気な妻と、もし自分が討死んだとしたら、この女どもはいったいどんな顔をするのであろうと、次郎左は思った。

しかしどう考えても、二人の嘆く顔がうかばぬ。


正月は不穏なほど何ごともなく過ぎた。

十一日には具足の前に飾った鎧餅を掛矢《かけや》で叩き割り、雑煮にして食べた。常ならぬところといえば、三ヶ日を過ぎたころから毎日のように、気の滅入る霖雨《りんう》が降り続いたことぐらいである。寒いわりには雪にならず、日がな夜通し降り続く糠《ぬか》雨《あめ》であった。

上方の様子はどこからも洩れ聞くことがなかった。地獄耳の孫兵衛ですら何も聞こえぬというのだから、要するに音沙汰がないのである。

御組頭には改めて年賀に行った。しかし箝口《かんこう》されているのか、それとも何ごともないのか、陣触れはおろか大坂の話も出ぬ。もっとも若き御曹子の組頭は、呑気な御家人たちが蔭で虚仮《こけ》にするくらいの能天気であるから、この際まったくあてにならぬ人物であった。

だいたいからしてこの正月の江戸を領する空気は、妙に間が抜けている。大政は朝廷に返した。すなわち幕府なるものはすでになく、徳川は一介の大名で旗本御家人はその家臣に過ぎぬ。天下の政《まつりごと》がわが手から離れたという安堵感が、もともとさしたる務めもない多くの御家人たちの気持ちを、すっかり弛ませていた。

大坂で戦が始まるやもしれぬという噂はたぶん誰の耳にも入っているはずである。だが弛み切った人々は、その噂を実感できなかった。

実は次郎左と同様、内心は鬱々と思い悩んでいる者は多いであろうに、それを口にすることは禁忌であった。口にできぬままおしなべて能天気な侍たちは、「悪いようにはなるまい」もしくは「なるようにしかなるまい」と考えて勝手に了簡していた。

その根拠なき了簡が、ぼんやりと虚《うつ》ろな、それでいてどこか居心地のよい空気となって、江戸の町を被《おお》いつくしていた。

こういうときに勤番にでもつけば、気も紛れるであろうし、宿直《とのい》のつれづれに同輩と議論をかわすこともできるであろうに、あいにくの非番である。非番であるということは、陣触れも真先であろうなどと考えれば、いよいよ気鬱になった。

そもそも御先手組の勤めといえば、城内の諸門や御庭の警固なのだが、お護りすべき大樹公がおわせられず、またすでに天下の大政も城中にはないとなれば、勤番の頭数が少なくなるのも当然であった。

かくして不穏なほど平穏な正月は過ぎた。

孫兵衛から新たな噂がもたらされたのは、十二日の夜更けである。

湯殿で心地よく茹《う》だっていると、煙抜きの窓から七十翁の顔が覗いて、次郎左はわっと声を上げた。

「驚かすな、孫兵衛。ただでさえわしは気が弱くなっているのだ」

「これはご無礼をいたしました。旦那様、おひとりでございますか」

「今さら女房と風呂になど入ろうものか。このごろでは背中も流してはくれぬわい」

「お耳にお入れしたいことがございます。先刻まで、かねて昵懇《じっこん》の茶坊主と飲んでおりましてな」

「ほう。ようやく大坂の噂が入ったか」

「噂ではございませぬ。茶坊主が城中にて見聞したことにござりますれば」

「噂ではない見聞談というわけか。すると、いよいよ合戦が始まったということだな」

次郎左は勇み立った。陣触れを心待ちにしているわけではないが、そうとなればとにもかくにもこの地に足のつかぬような気分からは救われる。夢と現《うつつ》とがはっきりとするのである。

ところが、孫兵衛はいきなりこわいことを言った。

「お味方はさんざんに敗《ま》けたそうでござる。鳥羽伏見で薩摩長州と相対したとたん、あろうことか御譜代筆頭彦根の寝返り、続いて藤堂《とうどう》和泉守も寝返り、会津桑名の藩兵はさんざんに打ち敗かされ申して、御先手組もあらかたは御討死との由《よし》にござります る」

次郎左は絶句した。報《しら》せを聞いて声が凍えたのは、父の訃報以来である。

「昨夜、上様は会津公、桑名公ともども御帰城になられました。何でも大坂は天保山沖から蒸汽船にてお遁《のが》れになったとの由、敗兵はことごとく戦場にうっちゃられたとか」

「何と。兵をうっちゃって、御大将《おんたいしょう》ばかりが遁れて参ったと申すか」

「いや、それが、会津桑名は大坂に籠って城を枕に討死いたすと申されたらしいが、あの御大将がむりやり両公を船に乗せ、江戸まで引いてこられたとか」

上様を捉まえて「あの御大将」でもあるまいが、咎める気にはならなかった。

「まるで見てきたようだな」

「見てきたも何も、城中で怒鳴り合う御三方を、茶坊主が見ていたのでございます。あの御大将は嫌がる会津桑名を江戸まで引きずってきながら、帰りついたとたんに、こうなったのはおぬしらのせいじゃ、よって謹慎申しつくる、と。そう言われては会津公も桑名公も、物を言い返さずにはおられますまい。それに、上様はすでに将軍家ではござりませぬ。十五代のご当主というだけで、会津桑名のご兄弟からすれば、いくらか格上の御いとこ様でござりましょう。これは喧嘩にもなろうと申すものでござりますよ。孫兵衛は前々から怪しんでいたのでございますがね、やっぱりあの慶喜公《よしのぶ》という御方は、権現様の生まれ変わりであろうものか、ただの腰抜けでございましたな」

「おい、孫兵衛。軽々なことを申すではない。話を聞けばわしもさようには思うがの、何しろわが母上は、大樹公が大のご贔屓じゃ」

「はあ。さようでございましたな。では、これにて」

「待て、孫兵衛。して向後《こうご》はどうなるのだ。江戸にてもう一戦《ひといくさ》か」

「いや。あの御大将は早々と恭順の御意を固められておりますれば、陣触れは万が一にもござりますまい」

すっかり茹だってしまった。孫兵衛の顔が煙抜きから消えたあと、次郎左はしばらく板敷に大あぐらをかいて物思いに耽《ふけ》った。胸の轟《とどろ》きはなかなか収まらず、しまいには水桶の水を、髷の乱れもいとわずに頭からざんぶとかぶった。

江戸でいつに変わらぬ正月が過ぎている間に、いったい何が起こったというのであろう。

徳川が敗けたのである。そして上様が会津桑名に謹慎を命じ、御自らも恭順の意を表しているということは、この先抗うこともなくわれらは敗けたのである。

次郎左は湯殿にすっくと立ち上がり、天を仰いで思わず叫んだのだった。

「ざ、残念！」

翌《あく》る朝早く、次郎左衛門は奥の間に家族を並べて事の次第を伝えた。母と妻、算えの十八になった娘、そして弥一郎と悌二郎《ていじろう》のまだ前髪の取れぬ兄弟である。

「――かくかくしかじか、むろん風聞ゆえありのままとも思えぬが、よい噂は大仰に伝わっても、悪い噂は真実であることが多いものだ。この先どうなるかは皆目わからぬ。いずれにせよおまえたちは、軽挙妄動に走らず、わしの意に従え。よいな」

家族はさぞかし仰天し、悲憤慷慨するかと思いきや、あんがい冷静であった。

「なるほどのう。敗け戦の噂はかねてより耳にしておりましたが、御大将が軍兵をうっちゃって江戸に逃げ帰られたとはのう。やはりあの御方は、権現様の生まれ変わりなどではなかったようじゃ。こんなことなら、いっそ会津様に将軍職を襲《と》っていただけばよかった」

と、これは意外にも母の弁である。

「まあ、旦那様。さようなお噂は今さら改めてお口になさらずとも、女房連はみな存じておりましてよ。上様ご帰城の顚末も、きのうの朝のうちにみな知っておりましたけれど、はっきりするまではよしにしておきましょうと申し合わせておりましたの。おほほ」

妻のふくよかな笑顔は、地顔であるのだから仕方ないとしても、声に出して笑ってはなるまいぞと、次郎左は軽くたしなめた。

「父上。さなるお話なら、すでに私たちも存じておりました。のう、悌二郎」

はい、と弟が肯いた。ここまで聞けば意外を通り越して心外である。どうやら母には隠居どうしの茶飲み話という噂の道筋があり、妻には勝手竈《かまど》の付き合いがあり、伜たちには道場や学問所での、胸襟うちあけた語らいというものがあるらしい。

もしや旗本御家人の家では、肝心要の当主ばかりが世事に疎《うと》いのではなかろうかと、次郎左はわが身を訝《いぶか》しんだ。

思えば亡き父も、祖父も、そんなふうであったような気がする。一家の主が超然としているのは当たり前だが、子供の目から見ると偉いばかりではなく、どこか浮世ばなれしていた。

月番のお勤めが回ってくれば、長らく家をあける。城内では毎度同じ顔ぶれと、面白くもおかしくもない話題をやりとりする。番明けで帰宅すれば調練と読書、せいぜい庭いじりをするのが道楽で、家族との団欒はまずなかった。対話らしいものといえば父祖の思い出話か説教である。ときおり朋輩と行き来をして酒を飲み、またぞろ面白くもおかしくもない話をくり返す。

いったいに御家人の話題には禁忌とされるものが数多くあって、まずご政道に関すること、幕閣や上司の批判、同輩や部下の批評等々、要するに役職上の意見は一切述べてはならなかった。誰もが生涯一役を担っているのだから、この禁忌はすなわち礼儀であった。こうなると酒席の話材といえども、時候の景色とか草花とか、おなごでも退屈しそうな風流譚に落ち着く。男らしい話といえば刀剣談議とそれぞれのお家自慢であるが、これらはみな十数代にわたる同じ話のくり返しであるから、他人の刀も家も、わがもののごとく知りつくしているのでひどくつまらない。

子供のうちは何をしゃべろうが無礼に当たらねば勝手なのだけれど、家督を継いで当主となったとたん、その生活ぶりと話題の制約によって、誰もが浮世ばなれしてしまうのであった。

次郎左は庭に降りしきる霖雨を見上げた。おそらくこうした素振りさえ、家族の目には浮世ばなれしたひとりの男と映るのであろう。

二百六十年の甲羅を経た御家人とは、まさにそうしたものであった。同心ならば三十俵二人扶持の御禄を運ぶための、おのれの身ならば百五十石の知行を安んずるための、精密に完成された機械に過ぎぬ。

黙りこくっていた十八の娘が袖をからげて泣き始めた。

「さよ、いかがいたした」

問うてからようやく、次郎左は娘の嘆きに思い当たってはっとした。いかがも何もあるまい。昨秋に結納をかわした同輩の伜が、大坂に出張中なのである。いや、すでに出張などではない。あの腰抜けの御大将が、鳥羽伏見の戦場にうっちゃってきたのだ。

「いかん。直右衛門《なおえもん》のことをすっかり忘れておった。何か消息は聞いておるか」

さよは泣き濡れた目を、恨みがましく父に向けた。

「忘れていたなどと、ひどいひどい」

たしかにひどいが、それにしてもわが子とは思えぬ美しい娘である。こうして母と妻、二人のむさくるしい伜と並べてみれば、まさしく奇跡としか思えぬ器量よしであった。

与力見習の石川直右衛門は、きょうびの若侍の中ではよくできていて、むろん娘の嫁ぎ先としても不満はない。ただし父親としてはごく自然の、暗い嫉妬は抱いている。

家族は沈鬱になった。

「聞くところによれば、直様は御味方の先鋒を承《うけたまわ》っておられたそうでございます。

ということは、万にひとつも生きてはおられますまい。祝言をおえたのちならばまだしも、さよは、さよは無念にございます」

娘はわっと泣き伏した。

本心を吐くならば、「してやったり」という気がしないではなかった。だが娘の悲しみようを見れば、まさかそうとは思えぬ。複雑な感情が錯綜して、何かを言わねばならぬと思うそばから、次郎左は腰を浮かせて叫んだ。

「ざ、残念！」

心の混沌を言い表わすのに、これはすこぶる便利な言葉である。

鳥羽伏見の落武者たちが、ほうほうのていで江戸に逃げ帰ってきたのは、正月も二十日を過ぎてからであった。

その間には、残念無念と言いたくない負けず嫌いの侍たちの口から、根拠なき噂も喧伝された。

曰く、

「鳥羽伏見は関東の大勝利、先鋒はすでに京に乗っこんで天朝様を安んじ奉《たてまつ》った。上様はその朝命を賜わって、京都守護の後勢《あとぜい》をお召し連れのために、お中《なか》帰りあそばされたのだ」

さほど説得力はなかった。

また曰く、

「鳥羽伏見は大勝利、上様はすでに征夷大将軍の官位は返上なされているが、こたびは新たに鎮西大将軍に任ぜられ、賊将島津三郎ならびに毛利大膳大夫を討つために挙兵なされる。旗本八万騎は御覚悟おさおさおこたりなく、よろしく陣触れを待つべし」

これは噂ばかりではなく、同様の趣旨が瓦版摺りの怪文書として牛込市ヶ谷の界隈に撒き散らされた。摺り物となれば実《まこと》しやかに思えたが、「旗本八万騎」などという言い方がいささか大時代で、檄文《げきぶん》を臭わせた。

幕臣は御目見得《おめみえ》以上の旗本が五千と少し、それに御家人役の馬上与力を加えても六千がせいぜいである。騎馬武者が八万もいれば、江戸中が馬だらけ糞だらけであろう。そうしたあられもない講談まがいの言辞を弄《ろう》すること自体が、まともな報せであるとは思えなかった。

ともあれ、二十日を過ぎてから上方の雇い船に乗った敗兵たちが続々と品川に上陸するに及んで、これら負け惜しみの噂はことごとく立ち消えてしまった。

浅田次郎左衛門の暗い喜びも、このとき立ち消えとなった。

討死したはずの石川直右衛門が、牛込の御先手組屋敷にひょっこりと帰ってきたのである。しかも、おのが屋敷に戻る前に、傷ついた体を糠雨にまみらせつつ許婚《いいなずけ》のもとを訪ねたというのだからたちが悪い。

折しも次郎左は、嘆くほどにかわゆくてならぬ娘と褥《しとね》を並べて寝ていた。自害でもされてはかなわぬ、というのは方便で、ただ幼い日のごとく娘とともに寝たかっただけである。

「ごめん下されませ。さよどの、さよどの」

雨戸の外で囁く声を耳にしたとき、次郎左は喜ぶよりも腹が立った。いかに夜更けとはいえ、玄関で人を呼ばずに庭先から囁きかけるとは、こやつ、わが娘に夜這ってておったなと考えたのである。実際はどうか知らぬが、わが手に戻った娘をまた取り返されたという悔しさも相俟《あいま》って、無性に腹が立った。

手も考えた。

娘が目覚めきらぬほんの一瞬、雨戸を引きあけざま拝み打ちに斬って捨てるという手も考えた。

(何をおめおめと帰って参った。貴公も武士ならば、潔く上様の御馬前にて討死せよ。卑怯者は成敗してくれるわ)

士道に照らせばその理屈もないではないが、娘が不憫《ふびん》というより、一生恨まれるのは嫌であった。それに第一、「上様の御馬前にて討死」という二百六十年来の御先手組の合言葉が、この際ばかりは通用せぬ。御馬前も何も、あの御大将は兵をうっちゃって逃げてきたのであった。

かにかくに歯嚙みするうち、気がつけば直右衛門とわが娘は、糠雨降る苔庭で固く抱き合うていた。

(残念!)

まさかこの残念だけは、口にすることができなかった。

鳥羽伏見の戦における討死は、日を追うごとに明らかになった。

さんざんの大敗走であったので、公辺《こうへん》からの通達はなかった。つまり戦況を記録する間もなかったのである。

しかし、石川直右衛門のように大坂まで落ちることのできた者も多く、三々五々江戸に帰りついた彼らの口から、最期を遂げた誰それの名が判明した。

日々積み重なってゆく御先手組の戦没者は、夥《おびただ》しい数にのぼった。大樹公に率いられて大坂に出た与力同心のほかに、留守居となった組内にも部屋住み厄介の伜を、見廻組やら二条城御定番やらに出していた家が多く、亡骸《なきがら》も戻らぬままの葬いがあちこちから日に三度も出た。

さらには、御先手組屋敷に隣接する根来《ねごろ》百人組、御持筒組、御旗組でも事態は同様であった。これら御家人の菩提寺は、みな組屋敷の周辺にみっしりとつらなる小寺であるから、牛込界隈には火事が出てもわからぬくらい線香の煙が蟠《わだかま》った。

まことに残念である。戦場に死するは武士の本懐ではあるけれども、戦の有様が明らかになるにつれ、誰の死にざまも本懐を遂げたとは思えなくなってきた。

長州は徳川の天敵であるから、これと戦って死するならまだよい。だが御家人たちの多くが、薩摩は味方であると信じていた。いつの間にやら長州と薩摩が連合し、天朝様を奉じて錦旗を立てたというのだから是非もない。つまるところ討死んだ者は、賊の汚名にまみれて死んだのである。そのうえ、御譜代筆頭の井伊までもが、錦旗に靡《なび》いて寝返った。

そして、あの御大将である。尊皇の志篤《あつ》い水戸の御出自、しかも御生母は有栖川《ありすがわ》宮《みや》家の姫君と聞けば錦旗に畏れ入るのも肯けようが、にしても権現様の末裔が兵を戦場に残して逃げ出したとは、口にこそ出さぬまでも誰もが呪うていた。

界隈にいよいよ歎声も絶えやらぬ二月になると、またしても死者を鞭《むち》うつような報せがもたらされた。

上様は上野寛永寺にて御謹慎、ひたすら恭順の御意を表されたという。

御家人たちの残念はここに極まった。鳥羽伏見にて一敗地にまみれたとはいうても、それは徳川の軍勢のごく一部にしか過ぎぬ。大方は寄せくる薩長を迎え撃たんとて手ぐすね引いている。さらに大樹公が天下に号令すれば、御馬印のもとに馳せ参じる大名はいくらもいよう。

しかし、上様が御恭順では埒《らち》もなかった。これによって、「上様御帰城は逃亡にあらず、決戦を挑まんがため」という好意の意見も沈黙せざるをえなくなった。

こうとなっては負け惜しみすら思いつかぬのである。御家人たちの口から出る言葉は唯一、「残念無念」だけとなった。

浅田次郎左衛門も、そのころになると小半刻に一度ぐらいの割で「残念」と言うようになった。もはやほかには、適切な日常の挨拶さえ思いうかばぬのである。

たとえば朝餉の膳についても、当主としては適当な言葉がない。

「まことに残念だが、朝飯を食わねば一日が始まらぬ。では、いただきます」

すると家族一同は、当主の思いをきちんと受けて答える。

「残念ではございますが、いただきます」

屋敷を出て人と行き会うても、挨拶はこの調子である。

「やあ、残念でございますなあ。どちらへお出かけで」

「無念ではございますが、組内の寄り合いがござっての。少々急ぎますので、残念ながらこれにて」

「はい。ご無念お察しいたしまする。まこと残念にて」

「では、これにて残念つかまつる」

傍《はた》で聞いていれば、いったい何が何だかわからぬ挨拶なのだが、要するにあたりを宰領する残念無念の空気には、時候の挨拶やその他の話題が何ひとつそぐわず、残念以外の文句を口にすると不謹慎の譏《そし》りを受くるような気がするのである。

そうこう半刻に一度の割合で「残念」と言い続けているうちに、その一言が武士の嗜《たしな》みのように思えてくるから妙である。さらには、嗜みならば上手に言わねばという気も働き、「残念」の場合は「ざ」の音に強きを置いて「堪え難き心情」を表わすことが流行し、「無念」ならばいかにもそのまま息の上がるがごとく、「むねん」と軽い早口で言うことが流行《はや》った。

ところが、次郎左はある日ふと、この「残念無念」があまりいい言葉ではないと気付いた。

口にするたびに、力が抜ける気がするのである。不明の先行きにすっかり気弱となっているところに糅《か》てて加えて、「残念」と言うたび気が抜ける。しかし、誰しも共通の心情を言い表わすに、これほど確かな言葉はほかにないのだから仕方がなかった。

やがて四月に入ると、錦切《きんぎれ》の付いた筒袖にダンブクロをはき、剣付鉄砲を担いだ薩長兵が江戸市中を歩き回るようになった。彼らとすれ違うたびに、次郎左衛門は万憾の思いをこめて、「残念」と呟いた。

四月から閏《うるう》四月にかけては、江戸の治安が大いに乱れた。

官軍の中には商家に談じこんで勝手な押し借りを働く者もおり、またそれに倍する騙《かた》りの官軍も出現した。

「残念無念」と呟き続けた末に、とうとう堪忍たまらず官兵に斬りかかる者も跡を絶たなかった。そうした折も折、当然の成り行きとして続出したのが、いわゆる脱走である。

御家人たちは何も檻に囲われているわけではないのだが、「残念」としか言えぬ見えざる檻に囚《とら》われているようなものであった。その見えざる檻からある日卒然と脱走し、市中や近郊に屯《たむ》ろしている反薩長の集団に身を投ずるのである。

脱走はすばらしい人気を博した。「残念」と呟くたびに、気勢が削がれてゆくのは誰もが承知している。そうしてとうとう固くちぢこまってしまった御家人たちが、末《まっ》期《ご》の力をふりしぼって咲かせた仇花《あだばな》が、すなわち脱走であるともいえた。

正月の鳥羽伏見の敗戦からかれこれ五ヶ月も経てば、早々に脱走を企てた者はともかくとして、大義の名分のとは誰も考えてはいまい。ただ「残念」の二字が肚《はら》の中に積もり切ってしまい、反吐《へど》でも吐く勢いで前後無茶苦茶に飛び出すのである。しかし傍《はた》から見ればそのさまは、たとえばたたらを踏んで花道に押し出す弁慶の姿に通じた。すでに登城する御役もなく、昼日なかから酒など食ろうている侍と見れば、年寄りは「まったくいい若い者が、脱走ひとつせずにぶらぶらしおって」などと説教をたれた。

こうして残念が昂じたあげくの脱走は、言葉ではなく行為として流行し始めたのであった。

その間の唯一の吉事といえば、ある晩に露見した夜這いをきっかけとして、石川直右衛門と娘のさよが祝言を挙げたことである。

夜這いの現場を押さえた母は、「おめおめと生き恥を晒したうえ、脱走もせずに夜這いなどかけおって」と、直右衛門を責めた。

混乱のさなか形ばかりの祝言を急いだのは、内心「残念」と格闘しているにちがいない直右衛門の胸中を、次郎左なりに慮《おもんぱか》ったからであった。

五月に入ると、上野の山に結集した残念どもはその数二千にのぼった。

「旦那様。火急の報せにござりますれば、お耳を拝借」

湯殿の窓から、孫兵衛の顔が覗いた。

「残念な話なら聞きとうはないぞ。とうとう上野の残念どもが征伐されたか。だとすると、残念じゃ」

「いえ、上野のほうはいまだ。それよりも、石川様が」

祝言を挙げたのはわずか数日前である。いったい何ごとかと、次郎左は頭《こうべ》をめぐらして振り返った。

「石川様の中間が申すには、直右衛門様は明朝脱走なさり、上野に入られるそうでござりまする。いかがいたしましょうや」

溜息とともに、次郎左はぶくぶくと湯舟に顔を沈めた。

「旦那様。お引き止めになるのなら、傍に知られぬ今宵のうちかと」

「死にぞこねの脱走が、止めて止まるものか。それにしても勝手なやつじゃ。討死の、夜這いの、祝言の、脱走のと、よくもまあ次々と人を騒がせよる」

「しかし旦那様。上野に奔《はし》れば万にひとつもお命はありますまい。それではいかにもお嬢様がご不憫――」

はたと見上げれば、孫兵衛は腰手拭で顔を被って泣いていた。思い返せばさよは赤児のころ、よく孫兵衛のねんねこに背負われていた。先日も白無垢のさよを玄関先で見送りながら、どうかなるかとまわりが気を揉むほど、孫兵衛は声を上げて泣いた。

「のう、次郎左様――」

子供の時分のように、孫兵衛は親しく名を呼んでくれた。

「残念は、もうこれきりにいたしませぬか。孫兵衛は残念無念と言い飽き申した。しまいにひとこえ叫んで、もうこれきりにいたしますまいか」

翌る朝は夜来の雨も上がった。

家伝の鎧兜ではいかにも大仰と思い直し、野袴に革胴、火事羽織に御家紋入りの陣笠という、御先手与力の勤番装束を身にまとうことにした。

弓矢を携えて明けやらぬ玄関に立てば、馬の轡《くつわ》を取る孫兵衛のなりは、袴の股立《ももだ》ちを取って白襷をかけ、筋金入りの鉢巻をきりりと巻いた供侍の戦ぞなえである。この主従が、よもや二百五十年ぶりの出陣とは誰も思うまい。

「大樹公はこの先どうか知らぬが、御先代昭徳院様より二十年も長生きしたと思えば文句は言えぬ。けっして残念ではあるまいぞ」

「孫兵衛も、権現様と同じほど生き永らえ申した。ゆめゆめ無念などではございませぬ」

二人は小松並木の続く御先手屋敷の辻まで駒を曳き、そこでしばらく東空の曙を待ちながら、背を丸めて莨《たばこ》を回し喫《の》んだ。

しばらくすると築地塀の一筋道に嘶《いなな》きが聴こえ、馬上に槍を手挟《たばさ》んだ一騎が小路《こうじ》に歩み出てきた。

「死にぞこねの脱走めが。止めて止まらぬなら、このわしが止めてくりょう」

煙管《きせる》の火を叩き落とすと、次郎左は馬に跨った。

直右衛門は思いがけぬ岳父の姿を認めて駒を諌めた。陣笠の庇を弓の先で押し上げ、次郎左は馬上に朗々と声を張り上げた。

「早朝よりお騒がせ致し申す。拙者、御先手弓組与力、浅田次郎左衛門にござる。御与力御同心のおのおの方はお立ち会いめされよ。拙者、これより畏《かしこ》くも朝命に逆らい奉り、脱走いたし申す。ついては、御先手組御同輩にお別れのご挨拶をいたしたく罷り出で申した。お立ち会いめされよ」

孫兵衛も粗砂を敷いた小路を、槍を担いで歩み始めた。

「御家族のみなみな様、御家来衆より御中間、御女中の方々まで、どなたもお立ち会い下されませ。わが主人の暇乞いにござりますれば、どなた様も御屋敷からお出まし下されませ」

じきに着のみ着のままの人々が、何ごとぞという顔で門口に姿を現わした。

次郎左は呆然として声もない直右衛門と対峙した。

「おぬしとともに脱走するつもりなど毛頭ない。屋敷に戻れ」

直右衛門は手綱を絞り、顎を振って否《いな》んだ。この若侍は前後かまわず無茶苦茶に飛び出したわけではあるまい。その苦渋に満ちた顔を睨みつけながら、好い男だと次郎左は思った。

だが、褒めるわけにはいかなかった。娘を托するにふさわしき男ならばなおさらのこと、この眩《まばゆ》いばかりの三河武士を叱りつけねばならなかった。

「この青二才めが。生き恥を晒したうえに、東照大権現の御みたまのおわす上野のお山を穢《けが》すつもりか。恥を雪《すす》ぐのであれば、百姓町人に身を堕とし、薩長に媚びへつろうてでも妻子を養え。汝《うぬ》がごとき腰抜けに許さるるは、もはやそれだけじゃ」

「何を申さるるか、浅田様」

さすがに気色ばむ直右衛門に向かって、次郎左は馬上に矢をつがえ、狙い定めてきりきりと弓を引き絞った。

「どうしても聞き分けぬと申すのなら、わしは安祥譜代の御家人として、権現様になりかわり汝を成敗いたす。覚悟せい、直右衛門」

婿殿はわかってくれた。俯いて陣笠に顔を隠し、手甲《てっこう》を瞼《まぶた》に当ててひとしきり泣くと、思いを断ったように馬から滑り下りた。それから小路に土下座をすると、「権現様の御意、承りました」と言った。

そちこちの屋敷の門前に佇む人々に向かって、次郎左は切々と訴えた。

「残念無念では何事も成り申さぬ。拙者、浅田の家督は長子弥一郎に譲り、御同輩の残念無念はそっくり上野のお山に運びこみ申す。武士たるもの、いや人間たるものさなる文句は臨終《いまわ》のきわにこそ口にすべきでござる。しからば向後一切、残念無念は言うて下さるな。いわんや後先かえりみずの脱走などは三河武士の屈辱、名利《みょうり》ふたつながら失《うしの》う愚の骨頂にてござる。よろしいか、おのおの方。よろしく肝に銘じて下されよ。朝早うからお騒がせ致した。さらばでござる」

次郎左は駒を取って返すと、小松の並木道を歩み出した。

生まれ育った屋敷の門前には、さすがに青ざめた家族らが声もなく佇んでいた。私事は口にすべきではないと思い馬上に弓を振ると、母も妻も伜たちも意を悟ってその場に平伏した。

日々の務めにかまけて孝養もつくさず、労《いたわ》りも愛《いと》しみもせず、何ひとつ教えることもしなかった家族であるが、おのが不実はこれで帳消しであろうと次郎左は信じた。

しかし、泣き泣き後を追ってきた娘には、言葉をかけぬわけにはいかなかった。

「惚れた男を死に場所に追いやるばかがどこにおる。二度と手を離すではないぞ。よいな」

はい、と答える娘に、次郎左はこっそりと会心の笑みを向けた。

東の空に曙光が躍り出た。

「残念！」

馬上に弓を振りかざして、次郎左衛門は叫んだ。

「無念！」

轡《くつわ》を取りながら、孫兵衛も手槍をかかげた。

二百六十余年もの甲羅を経て、今や恃《たの》む主《あるじ》とてなく、この身はすでに武士か御家人かもわからぬが、少くとも江戸ッ子にはちがいないと、次郎左衛門は得心した。

＊

さて、私の魂は紙鳶のごとく江戸の空を飛んで、ようやく書斎へと戻ってきた。

合理的にわが遺伝子をたどってみれば、私の祖先がさほど格好のよかろうはずはない。だが、想像の中にも身贔屓が働くのは人情である。

興の趣くまま一気呵成に書き上げた原稿をこれから読み返すのだが、「残念」と呟いて机上に俯すのかと思うと、いささか気鬱にもなる。

ところで、私は残念なことに祖父と父の死に目に会うことができなかった。祖父の臨終は大学受験日の当日であり、父の息が上がったときには外国にいたからである。

だから父や祖父が祖宗の遺言に従って、生涯弓弦《ゆづる》を引くがごとく矯《た》めに矯めた「残念」の一言を、いまわのきわにみごとに射放ったかどうかは知らない。

私はぜひとも言ってみたいと思うのだが、よくよく考えてみれば、無念も残念も言う必要のない人生が理想である。

浅田次郎左衛門の遺言の真意は、おそらくそれであろう。

御鷹狩

青春はさまざまの欲望の坩堝《るつぼ》である。

食欲や性欲といったわかりやすい欲望のほかに、創造欲や支配欲や消費欲や知識欲や、わけのわからぬ無数の欲が肉体のうちに煮え滾《たぎ》っている。

私の青春時代は昭和四十年代の高度経済成長期に当たるが、多くの若者たちは国家の繁栄を実感できるほど豊かではなかった。

社会は金持ちなのに俺たちは貧乏だという、妙な被差別感情を若者たちは共有し、一揆のような学園闘争が流行した。政治や思想を語れぬ今の若者は無思慮だと非難する同輩は多いが、私にはそうと思えない。現代の若者たちは煮え滾る欲望を、政治や思想に託《かこつ》けて発散しなければならぬほど貧しくはなく、また愚かしくもないのである。

私はそもそも議論というものが嫌いだった。青臭い文学論も大嫌いだったが、貧困な語彙を用いて意味不明の議論を吹きかけてくる学生運動家はもっと嫌いで、いきおい付き合う友人は文学青年でもゲバルト学生でもない、すこぶるいいかげんな連中に限定された。

そうした悪友たちと、しばしばフーテン狩りに出かけた。

その当時、新宿の界隈には「フーテン族」と俗称される若者たちが屯《たむ》ろしていた。ゲバ棒をふるう学生たちのいわばネガティヴであろうか、あるいはアメリカから移入された反戦主義の風俗であろうか、ともかくいい若い者が着のみ着のままのなりで、日がな浮浪者のごとくごろごろしているのである。何もせず、何も考えないというのが彼らの哲学であった。

辞書によれば、「瘋癲《ふうてん》」の第一義は「精神状態が正常でないこと、また、そういう人」であり、第二義は「定まった仕事も持たず、ぶらぶらしている人」である。谷崎の「瘋癲老人日記」も、映画の「フーテンの寅」も、また昭和四十年代後半に出現したこの「フーテン族」も、まことふさわしい命名であることがわかる。

私たちの「フーテン狩り」には格別の目的があったわけではなかった。陽が落ちたころ西口の中央公園に出かけてころあいの獲物を見つけ、大怪我をしない程度に痛めつけて帰ってくるのである。むろん金品を奪ったり恐喝したりはせず、女のフーテンには目もくれなかった。物も言わずに躍りかかるや、無抵抗で無気力な若者をひたすら殴って立ち去るだけである。

公園をひとめぐりすると、私たちは何事もなかったかのようにそれぞれの家や職場に戻った。私は妙にすっきりとした気分になって、好きな小説を読んだり、甘い恋物語を書いたりした。このフーテン狩りは、いっとき日課のようになっていたが、警察沙汰になったためしはなく、返り討ちに遭ったこともなかった。

青春の欲望を処理する方法として、ある若者はゲバ棒をふるい、ある若者は無思慮無行動に徹し、またある若者は狩人に変じていたわけである。今にして思えば、どれもまことにわかりやすい若者たちであった。

どうやらあのころの私たちは、社会から供与された自由をわが身にどう活用してよいかわからず、とりあえず学生運動なりフーテンなり暴力少年なりの居心地のよさそうな集団の中に、おのれを帰属させて安定を図っていたらしい。

ところで、時間はそれよりも少し遡《さかのぼ》るが、私は幼いころ祖父からさまざまの昔語りを聞いた。

祖父が生まれる三十年ばかり前に、東京には手のつけられぬ悪童が跋扈《ばっこ》して世間を慄《ふる》え上がらせていた、という話があった。詳細を思い出そうにも、幼い耳に聞いた話であるから記憶にはない。ただ、話の内容に身を竦《すく》ませて、大人になどなりたくはないと考えた憶えはある。

自分がめでたく悪童の仲間入りをしたころ、その話を思い出したかどうか、戒《いまし》めになっていなかったところをみると、たぶんその当時は忘れていたのであろう。

祖父と二人きりで暮らした廃屋のような家には、火鉢と炬燵《こたつ》と夜具のほかは何もなかった。

勉強ばかりしていると、うらなりの瓢簞《ひょうたん》みてえになっちまうぜ、と祖父は言い、私の手から鉛筆を取り上げて耳に挟み、火鉢の向こう前に腰を据えて昔語りを始めた。

内容は忘れてしまったけれど、「御鷹狩《おたかがり》」という話のタイトルだけはなぜか憶えている。かわらけのかけらをつなぎ合わせて勝手な器をこしらえたところで、今さら誰が文句をつけるわけでもあるまい。

＊

「新吾《しんご》、目を覚ませ。行くぞ」

雨戸ごしのきつい潜み声を聞いて、檜山《ひやま》新吾は寝床から這い出した。

すでに下緒を襷《たすき》にかけ、袴の股立《ももだ》ちまで取って蒲団を被っていた。

「じきに行く。声を出すな」

長押《なげし》に伸び上がって墨染の手拭と草鞋《わらじ》を探り出す。頰かむりをして足元を固めれば仕度は斉《ととの》った。この新月の晩を待ちに待っていたのだから余念はない。

大小の刀を抱いて足音を忍ばせ、雨戸を開ければなるほど外は漆黒の闇である。同じ出で立ちの間宮兵九郎《まみやへいくろう》と坂部卯之助《さかべうのすけ》が、やはり鐺《こじり》で音が立たぬように刀を抱いて蹲《うずくま》っていた。

三人の若者は頰かむりをした顔で肯《うなず》き合った。このなりはいかにも悪事を働くようで潔いとは言えぬけれど、前髪の取れぬ顔を人に見られてはならなかった。少年の凶行と知れれば、たちまち下手人の身元は割れそうな気がした。

裏庭を抜けて木戸を潜る。屋敷の使用人たちはこの一年の間にあらかた暇《ひま》を出してしまったので、門長屋はもぬけの殻である。かねての手筈通り、潜り戸の閂《かんぬき》ははずしてあった。

表六番町の小路《こうじ》に出ると、三人は早足で市ヶ谷御門をめざした。

それにしても、天朝様の御世になってからの江戸の町の荒れようといったらただごとではない。この番町のあたりなどはその最たるもので、どの屋敷の塀にも雑草が萌え立っている。太政官から上地《じょうち》の御沙汰はいまだ来ぬけれど、それも時間の問題だろうというわけで、地方《じかた》を持つ家はさっさとそちらに引越す者もあり、公方様に随《したが》って駿府に落ちた家もあり、従前のまま暮らしている屋敷は半分もないであろう。

いくらも歩かぬうちに、坂部卯之助が遅れ始めた。大飯食らいで体が肥えているせいではない。頭《こうべ》のうなだれようからすると、明らかに気後れしている。はたして最初の辻で卯之助は立ち止まり、圧《お》し殺した声で訴えた。

「やっぱりやめようよ。きっと錦切《きんぎれ》どもに捕まって首をはねられる。父上は切腹だよ」

だったら帰れ、と言いたいところだが、誓って仲間にしたからにはそうも言えぬ。

新吾と兵九郎は図体の大きな卯之助の両腕を抱えこんで、「御鷹狩じゃ、御鷹狩じゃ」と気勢を上げながら歩き始めた。

御鷹狩、というのは洒落である。正しくは夜鷹狩だが、それではあまりにあからさまであろうというわけで、御鷹狩といううまい隠語を思いついた。

冗談で口にしたものを、間宮兵九郎が真に受けてすっかりその気になり、言い出しっぺの新吾は引っこみがつかなくなった。その話がまとまったとき、たまたま同行していた卯之助は災難である。だが、本人も仲間に入れろと言ったのはたしかなのだから、今さら尻ごみされたのでは困る。

「おぬしは見届人でよい。もし錦切に捕まったら、嫌がるおぬしをむりやり仲間に引き入れたと言うてやるわい」

兵九郎は大人びた物言いで卯之助を叱咤した。さすがは矜《ほこ》り高き大御番《おおごばん》組士の倅《せがれ》だと、新吾は感心した。新吾と卯之助の家はともに新御番組で、家格はみな同じなのだがやはり五番方の先手《さきて》たる大御番組には、一目を置く慣習があった。

月のない霜月朔日《しもつきついたち》の空は瞑《くら》く、零《こぼ》れ落つるほどの星明りが番町の小路を照らしている。ところどころに熾《おき》のような楓の葉が吹き溜まっていた。

「御鷹狩じゃ。もう後には引かぬぞ」

「おお、御鷹狩じゃ、御鷹狩じゃ」

卯之助を中にして新吾と兵九郎は意気盛んなのだが、実はどちらの声もうわずり、裏返っている。この意地っ張りめと、新吾は兵九郎を横目で睨みつけた。

間宮兵九郎が意地を張らねばならぬわけを、新吾は知っている。兵九郎の長兄は上野戦争で討死《うちじに》し、次兄は榎本和泉守の軍艦に走って蝦夷地《えぞち》へと脱走したきり消息を絶った。しかし前髪も取れぬ十四歳の少年には何もできぬ。父はすでに他界しており、祖母と母と姉妹の女所帯を、兄たちから背負わされたようなものだった。上州の采地に引越して帰農しようと女どもが勧めるのを、いやじゃいやじゃと駄々を捏《こ》ねて屋敷に踏ん張っているという。

そんなわけだから、まさか肩に錦切を付けた官兵を斬るまでの短慮は起こさずとも、誰彼かまわずぶった斬ってしまいたいほどの気分にはちがいなかった。つまりそうした友の心中も斟酌せずに、新吾は水を向けてしまったことになる。

たとえ夜鷹であろうと、薩長の田舎侍に抱かれる江戸女は許し難いと新吾は言った。噂話の受け売りである。ならばぶった斬ってしまえと相鎚《あいづち》を打ったのは卯之助だったが、むろんそれも冗談である。ところが兵九郎が真顔で然りと肯いたとたん、俄然雲行きが怪しくなった。

いったいに侍は、冗談と本気との按配が難しい。兵九郎もどこまで本気であったかは怪しいが、ともかく新月の晩を待とうということになって、その半月ばかりの間に意地を通さねばならなくなってしまった。

近在の大人たちからは、あっぱれ旗本の誉《ほま》れじゃ、二人の兄上はわれらの矜りじゃ、などと日ごろ言われている兵九郎が弱気を見せるはずはなかった。

市ヶ谷御門まできて、三人は石垣の蔭に肩を並べて蹲った。

江戸城外曲輪《そとくるわ》の要衝たる立派な御門である。枡形の石垣を組み、喰違《くいちがい》に築かれた渡櫓《わたりやぐら》門と高麗門が、星明りの下でしんと静まっていた。

かつては夜詰の衛士が護っていたのだが、このごろは暮六つにさっさと門を閉めて誰もいなくなってしまう。その衛士も、日によって従前の侍であったり、西洋軍服の袖に錦切をつけた官兵であったりする。つまり御一新を迎えてよりこのかた、市中警備の領分がすこぶるいいかげんになっているのである。

三人の少年はしばらく耳を澄ませて、枡形の中にひとけのないことを確かめた。

「なあ、新吾。やっぱりよそうよ。兵九郎だって本気じゃないよ」

卯之助がべそをかきながら囁《ささや》いた。

「何を言う。わしも兵九郎も本気だ。腰抜けのおぬしとはちがうわい」

「嘘だ嘘だ。ほら、二人とも膝頭が震えてるじゃないか」

「合戦の前には、権現様だって武者ぶるいをなさったわい」

もともと臆病者で武芸もからきしのこの友が、足手まといになることはわかりきっていた。それでも仲間はずれにしなかったことにはわけがあった。卯之助の父はどういう伝《つて》をたどったものか、新政府に仕官がかなったのである。つまり、坂部家を含むほんのいくつかの家だけが、先行きを安堵されていた。番町に住まう旧旗本たちは、それらの家を恥知らずだの裏切り者だのと言うが、内心は羨んでいるにきまっていた。

袖を摑む卯之助の手を邪慳に振り払って、新吾はきっぱりと言った。

「汚名を雪《すす》ぐよい機会ではないか。この際だからおぬしも錦切に捕まって首を打たれればよい。親爺殿も腹を召されればよかろう。さすれば御番方のみなさまも、あっぱれと褒《ほ》めて下さるであろうよ。のう、兵九郎」

「いかにもさようじゃ」

と、震える膝頭を抱えながら、兵九郎はことさら武張った物言いで答えた。

この意地っ張りめ、と新吾は肚《はら》の中で呟《つぶや》いた。本音は卯之助と同じなのである。その弱気はおのれ自身の良心の声であるとも思う。だが新吾も兵九郎も、いや新吾と兵九郎だからこそその良心の諫《いさ》めに従うわけにはいかなかった。なにしろ物心ついたときから、学問も武芸もことあるごとに競り合うてきた二人なのである。

ともに家督を継ぐ惣領の立場ではないが、ならばこそいずれは大身の入婿となるか、見出されて抜擢を受くるかして、一躍出世をするであろうと双方の親は目を細めていた。

そうした未来はことごとく立ち消えてしまったけれど、さながら竜虎のごとき競争心だけはたがいの胸に残っているのである。

「よし、行こう」

間宮兵九郎はいかにも意固地な童顔をきりりと引き締めて、石垣を攀《よ》じ登った。御門はたいそう立派だが、石垣の上は何のことはない桜土手で、番人さえいなければ曲輪の外に出るのはたやすい。遅れてはならじと新吾も土手に登り、ためらう卯之助を二人して引きずり上げた。

門前の土橋に立てば人目につく。そこで土手を下って外濠《そとぼり》の水際を這い進み、向こう岸に上がった。

左手の丘の上は広大な尾張殿の御屋敷である。その東側には、牛込の御家人屋敷の甍《いらか》がみっしりと建てこんでいる。大まかに言うなら、外濠の南の番町は旗本の町で、北の牛込が御目見得《おめみえ》以下の御家人の町であった。番町に町家はないが、この牛込の濠ぞいには商家や舟宿や茶店が軒をつらねている。

目はすっかり闇に馴れた。市ヶ谷御門の北詰に立てば、神楽坂がつき当たる牛込御門の楓の森も望むことができた。

江戸は零落《おちぶ》れてしまったけれど、荒れ果てたなりに美しいと新吾は思った。

そう思えばこそ、醜いものが許せぬのである。江戸が落魄《らくはく》したのではなく、落魄した人間が江戸を醜く変えようとしている。濠端に夜ごと屯ろする夜鷹の群は、その赦《ゆる》し難き醜悪の象徴であった。

雨戸を閉《た》てた商家の軒先づたいに、三人は草鞋の裏を忍ばせながら歩き始めた。墨染の頬かむりに襷がけ、もし人目に留まれば紛うかたなき押し込み強盗であろう。

「ところで、新吾。おぬし、おなごの体を知っておるか」

歩きながら兵九郎が唐突に訊《たず》ねた。

「知るはずはなかろう。そういうおぬしは知っているのか」

「いや、知らぬ。よもや先を越されたのではないかと思うて、訊《き》いてみただけだ」

すると卯之助が二人の間に割り入って、思いがけぬことを言った。

「僕は知っているよ」

新吾と兵九郎はぎょっとして立ち止まった。

「嘘じゃないよ。奉公のおなごが教えてくれたんだ。とうに暇を出されちゃったけどね」

のろまで腰抜けの卯之助が、急に大人に見えた。

「仔細は日を改めて聞く。行こう」

毅然と唇を結んで、兵九郎は歩き始めた。やがて外濠の土手際に、人の身丈ほどもない葦簀《よしず》囲いの掘立小屋が並び始めた。このごろにわかに江戸名所となった市ヶ谷土手の夜鷹宿である。

この夜更けに通りすがる者などいるはずはないのに、小屋の外には女が出て、一様に莨《たばこ》を吹かしていた。黒地の着物をぞろりと着ているのは目印であろうか、そのさまはまさしく濠端に羽を休める夜鷹であった。

どれも白手拭を髪にかけて吹き流している。足元は素足に日和下駄で、噂の通り莫《ご》蓙《ざ》を丸めて小脇に抱えていた。

三人は商家の軒下をひた歩き、武家屋敷の並び始める船河原町まで来て、一軒の夜鷹宿の前に足を止めた。

女たちはじっと闇に目を凝らすばかりで、客を呼ぼうとはしなかった。三人の様子がそれほど不穏に見えたのであろう。

兵九郎が刀の鯉口を切った。もう後には退《ひ》けぬ。人を殺《あや》めるのではなく、見苦しいものを片付けるのだと、新吾はおのれに言い聞かせた。

「御鷹狩じゃ」

「おお、御鷹狩じゃ」

二人は刀を抜き放つと、まっしぐらに突進した。

新吾は逃げ惑う女たちを追って、まずひとりを背中から袈裟がけに斬り倒した。刀の物打《ものうち》のあたりに、がつんと骨の食い込む手応えを感じたと思う間に、湯をかぶせられたような血しぶきが顔にかかった。

二人目は土手柳の根方で腰を抜かしていた。人形のようにおしろいを塗りたくった必死の形相を新吾に向けて、命乞いをするように掌を合わせた。その女を吹き流しの手拭もろとも、拝み打ちに斬り捨てた。これは刀の切先がうまく入ったものか、白い顔が破裂する感じで真二つに割れた。

「行くぞ、新吾」

「おお、これでよいな」

兵九郎も二人の夜鷹を斬り捨てていた。商家の軒下で立ったまま泣きわめく卯之助を引きずって、新吾と兵九郎は濠端道を駆け戻った。

夜鷹宿を仕切るやくざ者か、小屋の中の客が押っ取り刀で追うてくるかと思ったが、わけのわからぬ怒鳴り声が聞こえるばかりで、その気配はなかった。

市ヶ谷御門までたどり着くと、少年たちは番町に入らずに桜土手の上を、四谷御門の方角に向かって走った。それからもう追手の気遣いはないと知って、歩きながら大笑いに笑った。

それはまったくふしぎな感情だった。息を継いだとたん、たまらぬおかしみが肚の底からつき上がってきて、こらえようがなくなった。泣きながら走っていた卯之助までもが、身をよじって笑った。

少くとも、高笑いをするほどの快挙であろうはずはない。ならばなにゆえ笑うのだと思うそばから、たがいの血だらけの顔を指さし合って、少年たちは息もたえだえに笑った。

笑いながら新吾はふと、怖いことを考えた。もしかしたら鳥羽伏見やら上野のお山やらで討死した侍たちの魂が自分らにとり憑《つ》いて、やみくもに人を殺《あや》めさせたのではあるまいか。この笑いは死霊の歓声なのではないか。

だが、やはりそうではあるまい。要するに笑いでもしなければ、恐怖と悔悟に圧し潰されて、頭がどうかなってしまうのだろう。

その夜少年たちは、空家の井戸端で返り血を洗い落とし、何食わぬ顔で屋敷に戻った。

五郎蔵《ごろぞう》とおつねは、小路を行きつ戻りつしながら奉行所の開門を待っていた。

このごろの江戸の物騒なことといったら、まるで地獄の釜の蓋を開けたような有様だが、それにしても昨夜の事件は酷《ひど》すぎる。

船河原土手の夜鷹宿が正体不明の侍に襲撃され、二人の女が斬り殺された。ほかにも二人が虫の息、一人が手負いである。

こんなことには五郎蔵もかかずりあいたくないのだが、自身番は閉めっ切り、定《じょう》廻《まわ》りの役人など姿かたちも見えぬ昨今では、恃《たの》む人がほかにいないのだから仕方がない。

五郎蔵は地場《じば》の貸元といっても、お上から十手取縄を預っているわけではなかった。牛込の寺で月に三度の常盆《じょうぼん》を開いてはいるが、御一新のこのかたは誰も博奕《ばくち》どころではなく、寺銭は飯の種にもならなくなった。そこで、チョイの間二十四文《にじゅうしもん》の小屋をかける外濠ぞいの夜鷹どもから、用心銭なる金を集めたのが悪かった。

二十四文が高えの安いの、払うの払わねえのというごたごたならわけはない、と考えてのピンハネだったが、よもやこんな騒動が起こるとは思ってもいなかった。真夜中に手傷を負ったおつねが駆けこんできたときには、それこそてめえが辻斬りに出くわしたように腰を抜かした。

自身番はいねえし、町年寄の面倒をかける筋合でもねえ。そうとなれば御奉行所まで伸《の》して、明け六つの開門を待つほかはなかった。

みちみちダンブクロに鉄砲を担いだ錦切どもとすれちがったが、相手が官兵とはいえお届けをする気にはなれなかった。彼らが町方の始末をしてくれるとは思えぬし、第一言葉が通じない。

「大丈夫《でえじょうぶ》かい、おつねさん」

五郎蔵は吹き流しの白手拭で二の腕を縛ったおつねを労《いたわ》った。

「はい、おかげさんで血止めが効きました」

黒地に黒帯の夜鷹衣裳も、夜が明ければまさかそうとは見えぬほど、このおつねという女には堅気の匂いがある。夜鷹は四十の坂を越えた白塗りと決まっているが、肌のよいおつねはいつも素顔だった。物腰にも言葉づかいにも、ほかの女たちのような莫連《ばくれん》のふうはない。

開門の時刻が近付くと、門前にはあちこちから人が集まってきた。やはり事情はどの町も同じと見える。官兵は隊伍を組んで市中を巡回しているが、上野の山を征伐した連中に頼る気にはなれぬ。

しかし、かと言って従前来の町奉行所に、かつての御吟味の力があるのかというとそれも怪しかった。

門が開いた。その開きっぷりも何となく遣《や》る気なさげで、門番のツラも覇気を欠いていた。これはだめだろうと、五郎蔵は肥えた顔をしかめた。だが考えてみれば、遣る気のなさや覇気を欠いたツラはてめえも同じである。江戸中がそれである。

「ええ、牛込定廻りの田丸様にお目通りを」

五郎蔵は門番に頭を下げた。このあたりは長年のやくざ稼業の知恵である。吟味方に訴え出るよりも、かねて知ったる同心にかくかくしかじかと話したほうがことは早い。むろん同心の田丸には、寺銭のうちのいくばくかを渡し続けている。

番人は無気力な笑い方をした。

「ははは、ははっ、定廻りは官兵の仕事じゃわい。田丸様なら仮牢の番役同心にお役替えになったゆえ、勝手に訪ねるがよい」

そこじゃ、と番人は門続きの長屋を指さした。

稼業がら奉行所はよほど肩身が狭いらしく、おつねはずっと俯いたままである。気持ちはわかるのだが、惨劇の生き証人を連れてこぬわけにはいかなかった。

田丸は牢屋同心の詰所で、賄《まかな》いの茶漬を食っていた。もともと風采の上がらぬ小役人だが、しばらく見ぬ間にいっそうすぼまった感じがする。月代《さかやき》には白髪まじりの毛が立っていた。

これはいよいよだめだろうという気もしたが、ともかく吟味に運んでもらわねばならぬ。なにせ二つの屍体《おろく》は夜鷹小屋にうっちゃったままだし、瀕死の二人は五郎蔵の家に担ぎこまれて、子分どもがいやいや介抱をしているのである。

五郎蔵の顔を見るや、田丸は「ああ」と嬉しげな声をあげた。定廻りの御役が御免となって、実入りも悪くなったのであろう。どうやら五郎蔵が律義に袖の下を運んできたと思ったらしい。

そのツラが癪《しやく》に障《さわ》って、五郎蔵は座敷に上がりこむや田丸の向こう前に座って斜《しや》に構えた。

「やい、田丸の旦那よ。上野の山の脱走様は、錦切相手に潔く討死しなすったてえのに、よもや銭をくれってえ了簡じゃあありますめえの」

「いや、さようなことは考えてもおらぬよ。して、何用かな」

赤銅《あかがね》の喧嘩煙管《けんかぎせる》をがつんと莨盆に打ちつけて、五郎蔵はいっそう凄んだ。これも長年お上と付き合ってきたやくざ者の知恵である。引いて動かぬときは押すほかはない。

よほど肚をくらなければ、遣る気のない役人どもは動くまいと思った。

「いいかえ、旦那。実はゆんべの丑三《うし》つどき、この女と仲間の夜鷹どもがお茶を挽《ひ》いて、船河原の御濠っぱたに、こう、煙管を遣っていたと思いねえ」

「おお、思うたぞ。それでどうした」

「そこに草鞋の足音を忍ばせてやってきたのは、下緒を襷にかけ、墨染の手拭で頰かむりをした侍が三人。まさかチョイの間二十四文《にじゅうし》の上がりを狙う物盗りじゃあねえぞ。口々に夜鷹狩じゃ夜鷹狩じゃと呼ばわりながら、やおら刀をぶん回して、あわれ二羽の夜鷹はあの世行き、二羽は深手を負うてたぶん今ごろは、二十四文の上がりの中から六文銭を、三途の川の渡し賃に差し出しているこったろう。この女は、一部始終を見ちまった生き証人だ。さて、どうする。こんなひでえ騒動が、トウキョウだかトウケイだか知らねえがお江戸のまんまん中で起こったてえのに、自身番はいねえ、定廻りはいねえ、錦切に訴えようにも話が通じねえ。だとすると、かねて昵懇《じっこん》の田丸の旦那に、御吟味をお願いするほかはありますめえ。のう、旦那。すっかり腑抜けちまったのはおたげえ様だが、ひとつ長え誼《よし》みで、さっさと御吟味をなすっていただけまいかえ」

脅し半分の訴えを聞いたあとで、さっさと吟味の手筈にかかるかと思いきや、田丸は悠然と茶漬を食い始めた。

「ほう、夜鷹狩かよ。奇特な侍もいたもんだのう」

この一言は、さすがの五郎蔵も肚に据えかねた。

「奇特たあ、どういう言いぐさだえ」

「錦切相手に体を売る夜鷹など、成敗されて当たり前じゃ」

非情なお上の言葉に、おつねは顔を被《おお》って泣き崩れた。まずいことには五郎蔵の啖呵と女の泣声を聞きつけて、門の内外から待合の野次馬が集まってきた。

五郎蔵は進退きわまった。何となくこんなことになりそうな気がしていたから、かかずりあいになりたくなかったのだ。牛込の五郎蔵といえばちっとは名の通った貸元で、野次馬の中には知った顔もいるはずだった。弱きを扶《たす》け強気を挫《くじ》く任侠道が商売なのだから、たとえ無礼討ちとなっても手が後ろに回っても、ここは引き退がるわけにはいかぬ。

五郎蔵は群らがる野次馬をぐいとひとにらみして、肥えた体を力いっぱい膨らませた。

「野郎、十手者《もん》のくせしァがって、ひとごろしを果報の奇特のと抜かしァがるか。いかに二十四文の夜鷹だって、おぎゃあと生まれてから濠っぱたまで落ちるにァわけがある。てめえら御家人の意気地がねえから、錦切どもにまで体を売らずばならなくなったんだ。その夜鷹を斬った侍が奇特なら、猫も奇特、杓子も奇特、桶も提灯も奇特にちげえねえ。こうなったら侍も町人もあるもんか、俺ァ上野のお山の脱走様を見習って、今ここで命を棒に振ってやらあ。覚悟しゃあがれ！」

やめて親分、とすがりつくおつねの手を振り払って、五郎蔵は喧嘩煙管の頭を田丸の月代《さかやき》めがけて力まかせに打ちおろした。

やんやの喝采が上がった。だがじきに役人たちがどっと押しこんできて、長柄《ながえ》や十手で五郎蔵を痛めつけ、たちまち縛り上げてしまった。

奉行所の役人に手を上げたとあっては、磔《はりつけ》獄門は免れまい。任俠を衒《てら》って所帯も持たずに五十年、妙な始末のつき方だと五郎蔵は思った。

「ご勘弁下さいまし、親分さんをお赦し下さいまし。お願いでござんす」

おつねはいい女だ。こんなことになるんだったら、いっぺんぐらい抱いておきゃよかったと、五郎蔵は命を惜しまずにそのことだけを悔やんだ。

「父上。お休みのところ御無礼いたします」

障子ごしに声をかけられて、檜山孫右衛門《まごえもん》はまどろみから醒めた。

寝間に滑りこんできたのは、嫡男の小太郎《こたろう》である。

「で、どうであったかの」

小太郎は答えをためらうふうをした。闇の中で肩がすくむ。これは悪い報せにちがいないと、孫右衛門も溜息をついた。

「新吾の仕業ということで、まちがいはござりませぬ。今しがたまで間宮のお婆様《ばば》と奥様と、忌憚《きたん》なく語り合うておりました。いまひとりの友連れは、やはり坂部の伜のようでござりまする」

「間宮のご様子はいかがであったかの」

「なにぶん兄二人が脱走いたし、今は兵九郎が惣領でござるゆえ、お届けもせず自首もさせずにしばらくは穏やかに過ごしたい、と仰せでした。いかがいたしましょうや」

新月の晩に、外濠の向こう河岸《がし》で大騒動があった。夜鷹宿が何者かに襲われて二人が斬り殺され、手負いの二人も数日後に死んだという。

悪事はみな官兵のせいにするのが番町の噂の常なのだが、ほどなく御番頭《ごばんがしら》の坪内《つぼうち》伊豆守が檜山家を訪ねてきて、ことは他人事ではなくなった。

伊豆守の屋敷は市ヶ谷御門の脇にある。新月の晩、夜詰の番士が御門のきわの石垣の下に蹲る不穏な人影を見たのだそうだ。

そのときは夜回りの官兵が一休みしているのだろうと思い、さして気にも留めなかったのだが、いくらも経たぬうちに濠向こうの土手から悲鳴が聞こえた。で、御門のあたりまで様子を見に行ってみると、抜身をひっさげたまま土手下を駆け戻ってくる人影がある。これはたまらぬというわけで、番士は枡形の石垣の蔭に身を隠した。

すぐ間近に常夜灯があって、ほんの一瞬だが通り過ぎる刺客の顔を、番士ははっきりと認めた。かれこれ二十年も屋敷の門前に立っているのだから、近在に住まう人々の顔はあらかた知っている。そのうちの一人はご当家の子息であり、もう一人は間宮兵九郎であり、さらなる一人は坂部卯之助にちがいない。御番頭としての権威はすでにないのだから、どうこうせよと物申す筋ではないが、見て見ぬふりもいかがかと思うてそこもとには伝えておく、と坪内伊豆守は言った。

三人の刺客は、大笑いをしながら桜土手を去って行ったそうな。人を斬ったばかりか、まるで戯事のように高笑いをするという光景が孫右衛門にはとうてい信じ難く、それは何かのおまちがいでござろう、と言い返した。

しかし、もとは二千石格の新御番組頭ともあろうお人が、供も連れずにわざわざ訪ねてきたのだから、よほどの確信があると思うほかはない。さりとて事が重大であるだけに、面と向かって新吾を問い糺《ただ》すわけにもいかなかった。

そこで新吾が湯に入っているすきに、兄の小太郎が刀を検《あらた》めた。物打には骨を食ったと思える刃毀《はこぼ》れがあり、茎《なかご》は腥《なまぐさ》かった。

「御番頭様はわが家だけを訪《おとな》われました。届け出る要はなし、という暗黙のお指図でございましょう」

「当たり前だ。どのような罪であれ、わが子を官兵に裁かれてたまるか。つまるところ、二度とこのような騒動を起こさぬよう、よく言うて聞かせよということであろう。善は急げじゃ。新吾を叩き起こして連れて参れ。間宮の家でも今ごろは、婆様と奥様で泣く泣く兵九郎を責めておるじゃろう」

「それが、父上――」

　と、小太郎は膝でにじり寄ってきた。

「実はわたくしも、すでにそのつもりで新吾をここに引っ立ててこようと思うたのですが、お部屋におらぬのです。屋敷内もあちこち探しましたが、どこにもおりませぬ。よもや、とは思いまするが」

　出歩くにしては非常の時刻である。たしかによもやとは思うが、伊豆守の番士が聞いたという笑い声が孫右衛門の耳に甦った。

「これより探しに出て参ります」

　小太郎はやさしい兄である。母は血の繋がらぬ新吾を邪慳に扱い、孫右衛門もまたそれを人情だと思うて諫めることができなかった。だが小太郎は、幼いころから腹ちがいの弟をかばい続けてくれた。

　その痛ましいほどの心配りを思い起こせば、小太郎の苦しみは計り知れぬ。

「もうよい。捨ておけ」

「何を申されますか、父上」

「捨ておけと申した。おまえを巻きこむわけにはゆかぬ」

「父上」

と、小太郎は摑みかからんばかりの気勢で孫右衛門に詰め寄った。穏やかな気性の小太郎が怒りを表わすのは、まったく珍しいことである。

「御無礼承知で申し上げまする。父上は卑怯者じゃ」

「親に向こうて何を申す。脱走もせずのうのうと、家財の売り食いをしておることが卑怯か」

小太郎が何を言わんとしているかはわかっていたが、孫右衛門は伜の正当な諫言を、真向《まっこう》に受けて立つことができなかった。

「妻子を持つ身でありながら、妾を囲うて子をなしたるは父上の勝手、母上に責められて妾を捨て、子をわが家に迎えたのも父上の勝手。だが、新吾には何の勝手も許されてはおりませぬ。亡《の》うなった婆様も、母上もともに新吾を貰い子のようにいじめ、父上もあえてかばおうとはなされなかった。母上のお気持ちはわからぬでもないが、父上のお気持ちはわかりませぬ。どう考えても、父上は手前勝手の卑怯者じゃ」

「やめおけ、母に聞こえるではないか」

「聞こえるように言うているのです。父上が新吾を捨ておけと申されても、わたくしは新吾を捨ておけませぬ。いや、捨ておくのではなく捨てるのであれば、わたくしは誰が何と言おうと新吾を拾いに行きまする。この世でたったひとりの弟なのじゃから、親が捨てても兄は拾いまする。それを不孝と申されるのなら、わたくしは父母とご縁を断ってもよい」

忘れかけていたことを、孫右衛門は思い出した。

女と別れて乳呑児《ちのみご》を引き取ったはよいものの、乳がないのには往生した。麴町広小路の町家に子を亡くした女がいると聞いて乳母にした。商家の嫁であるから屋敷に住み込ませるわけにもゆかず、新吾を先方に預けねばならなかった。父母が商家を訪ねることはなかったが、小太郎は道場帰りには必ずその家に立ち寄った。

ある日、赤児の泣声に驚いて玄関に出てみると、剣術の胴と竹刀を首から懸けた小太郎が、新吾を背負って佇んでいた。

(里子に欲しいと言われましたゆえ、新吾を連れ帰りました)

商家は冗談でそう言ったにちがいないのだが、幼い小太郎は真に受けてしまったのだった。で、否も応もなく褌《ふんどし》をおぶい紐にして、新吾を連れ帰ってきた。

おそらく父母すらも信じられなかったのであろう。母が新吾を抱き取ろうとすると、小太郎は泣きながら逃げ回った。

（新吾はかわいそうじゃ。父上も母上も婆様も、どうして兄を捨てぬのに弟を捨てようとなさるのじゃ）

道理はいつも小太郎にあった。すこぶる人当たりがよく、声も姿もやさしげな小太郎の芯には、道理を貫く強い意志がある。

家督を譲ったとたんに御一新の憂き目を見て、嫁取りすらままならぬ小太郎を、孫右衛門はしんそこ不憫《ふびん》に思った。

「出仕の件もあるゆえ、おまえには自重してほしいのじゃ」

「その話はすでにお断りいたしたはずにござります。わたくしは鳥羽伏見にても生き恥を晒《さら》し、脱走をする気力もない腰抜け侍にござれば、天朝様にお仕えすることなどでき申さぬ。父上母上を采地《さいち》にお連れして、田畑を耕しまする」

「父母が承知しても、新吾は了簡するまいぞ。あれはおまえとちごうて武骨者ゆえ、百姓など務まろうものか。それほどあやつの身を思うのであれば、おまえが新政府に出仕して、いずれ新吾も引き立ててやればよいではないか」

小太郎は答えずににじり退がり、孫右衛門に向かって詫びるようなお辞儀をした。

「重ねてお断り致しまする。いかように考えたところで、かつての敵に忠を尽くすことはできませぬ。わたくしに残された本分は孝悌の道のみにござりますれば」

そこまでの道理を述べられてしまえば、孫右衛門には返答のしようがなかった。

円《まど》いを欠いた十日の月が、外濠の面《おもて》を舐《な》めるように照らしている。

濠から北へと駆け上がる牛込は、みっしりと平屋の甍が詰んだ御家人の町である。

かつてとどこも変わらぬ静かな夜景色が、新吾はふしぎでならなかった。

三人が桜土手に腰を据えてから、かれこれ半刻が経つ。背のうしろから昇った月が向こう河岸をあかあかと照らすほどに、そこが浮世ならぬ彼岸に思えてきた。

「やっぱりやめようよ。ねえ、兵九郎、新吾、やめようってば」

嫌なら逃げ帰ればよさそうなものだが、卯之助は友の間に腰を据えて、そればかりを言い続けていた。

新吾も兵九郎も膝を抱えて黙りこくっていた。そのうち卯之助の説得が、内なる良心の声に思えてきた。だとすると卯之助は腰抜けではなく、物の考え方がちがうだけなのかもしれぬ。

あれからの数日は何事もなく過ぎた。夕餉の席で、新月の晩に夜鷹が殺されたらしいという話が出たときには肝を冷やしたが、まさか父母も兄も新吾を疑っているはずはなかった。

ところがその翌る朝、御番頭の坪内伊豆守様が、ひょっこりと屋敷を訪ねてきた。たまたま玄関先で鉢合わせ、あわてて畏《かしこま》ったのだが、御番頭様は新吾の指先に足を止めたまましばらく動かなかった。

その訪《おとな》いをしおに、父母と兄の目つきが変わったような気がする。だが、面と向かって何を言われるでもなかった。

「ねえ、やめようってば。このままならきっと何のお咎めもないよ。錦切どもも御奉行所も、夜鷹なんて人間だと思っちゃいないんだ」

卯之助はその確信の根拠をはっきりとは言わない。だがおそらく、新政府に出仕した父親がそう諭した。もしかしたら卯之助はその意を汲んで、友に懸命の説得をしているのかもしれぬ。

「おかしいではないか」

と、兵九郎がようやく口を開いた。

「われらが下手人だとわかっていながら、なにゆえお咎めもお叱りもないのだ。相手が夜鷹だからか。そうではあるまい。誰もが見ざる聞かざる言わざる、じっとしていることが習い性になってしもうたのじゃ」

なるほど、と新吾は肯いた。徳川の旗本御家人はみな、俎《まないた》の上の鯉である。兵九郎を夜鷹狩に走らせたものは、番町を被いつくしたその保身と怠惰の気にちがいない。二人の兄から家を託された兵九郎には、どうにも堪忍ならぬ空気であろう。

ではおのれはどうなのだと、新吾は自問した。

卯之助も兵九郎も、ともに理は通っていると思う。だが、自分はちがう。少くとも他人が聞いて然りと肯く理が、新吾にはなかった。

おのれを消してしまいたいのだ。立派な兄がいるかぎり、まったく要のない子供であることは知っていた。御公辺からの御代物《おだいもつ》がいただけなくなって、父は家財の売り食いをしている。そうして得た金で自分まで飯を食うていると思えば、この身を何かにぶちかまして消してしまいたかった。

それぞれに理の通った友に比べ、おのれは何と卑劣なのだろうと新吾は思った。そう思うと遣り場のない悲しみが胸につき上がって、新吾は袴の膝に瞼を押し当てた。

「どうした、新吾」

兵九郎が俯いた顔を覗きこんだ。

「睡《ねむ》とうなった」

新吾は妙な言いわけをした。

物心ついたときから、おのれの出自は知っている。改まって告げられた憶えはないから、たぶん赤児の時分から経文のように聞かされていたのだろう。

考えまいとは思うても、夜ごと見知らぬ母の夢を見た。この美しい江戸の町のどこかで、母がしっかりと自分を抱きしめてくれる夢である。夢の中の母は、胸のぬくもりも着物の肌ざわりも甘やかな匂いも瞭《あきら》かなのに、見上げれば顔がなかった。

「行くぞ。御鷹狩じゃ」

新吾は立ち上がった。

江戸の町を穢《けが》している夜鷹を斬る。この時刻なら、小屋の中には錦切の客がいることだろう。願わくばその錦切どもと斬り結び、討たれて果てるか、さもなくばその場で腹を切る。

どちらが言い出すともなく、新吾と兵九郎はそう決めていた。

「おぬしはここにとどまれ。遠目にも見届けることはできるだろう」

兵九郎が卯之助に命じた。それでよいな、というふうに見つめ返されて、新吾も然りと肯いた。

「悪いけど、そうさせてもらうよ」

卯之助はついに説得をあきらめた。尽くすべき説諭を尽くしたのだから、この友にお咎めはあるまい。

どのみち死ぬと決めた今日は、頬かむりもいらなかった。羽織だけを桜の根方に畳み置いて、新吾と兵九郎は土手を下った。

「堂々と行こうではないか」

土手の勾配をしばらく横切ってから、兵九郎は市ヶ谷御門から緩く下る土橋に攀じ登った。

土橋の中ほどには、水を通すための木橋が架かっている。その上に立って桜土手を振り返ると、卯之助が二人の羽織を抱えてぼんやりと佇んでいた。

「御鷹狩じゃ」

「御鷹狩じゃ」

口々にそう唱えながら、二人は土橋を渡った。時刻は亥《い》の四つ前というところであろう。牛込下の土手道には少なからぬ人の往来があった。左手の尾州屋敷の先は、内藤新宿の裏手まで御家人の家が建ち並ぶ。右に折れれば神楽坂下であるから、夜更けまで人通りの多い道である。

だが、その人の目も十日の月の明るさも、死ぬと決めた二人にはむしろ花道であった。

番町の堤にはすっかり葉を落とした桜木が並んでいるが、こちらの低い堤には柳が植わっている。その柳の間に、十日前の騒動など忘れたふうに夜鷹宿が葦簀囲いをつらねていた。

「おう、若え衆《し》。夜鷹買いなら前髪が取れてからにしな」

酔客が笑いながらすれちがった。御一新の前なら無礼討ちに果たしてもよいほどの悪態だが、旗本御家人の威信はそれくらい地に堕ちてしまっていた。

意外なことには官兵らしき姿が見当たらぬ。どうやら悪い遊びをしているのは錦切ばかりと思っていたのはあやまりで、夜鷹の客はやぶれかぶれの江戸ッ子であるらしい。

何となく、気分が萎えてしまった。向こう河岸の高みに望む番町の夜空には、見るからに懈怠《けたい》の気が蟠《わだかま》っているが、この谷筋には貧しいながらもたくましい江戸の息吹が漲《みなぎ》っていた。

決心がつかぬまま、二人は市ヶ谷田町をとぼとぼと下って、船河原町に出た。そこから先は町家が切れて、御家人の組頭屋敷が並ぶ。灯りといえば辻燈籠が灯るきりの、墨流《すなが》しの闇になった。十日前の凶行もこのあたりである。

やはりあの晩と同じように、夜鷹宿のまわりにはお茶を挽いた女たちが煙管を遣っていた。

足が動かなくなってしまった。兵九郎も夜鷹たちに目を据えたまま、路上に足を踏んばって荒い息をついていた。

やはり夢ではなかったのだと新吾は思った。あれは夢じゃとおのれに言い聞かせつつ十日が過ぎたが、どうしてもそうとは信じ切れず死ぬことにした。足に根の生えたようなためらいようから察するに、やはり兵九郎も思いは同じだったのだろう。

そうでなければ夜鷹宿の並ぶ土手筋の道を、わざわざここまで歩いてくるはずはなかった。あの晩のことはきっと夢だったのだと、今の今まで希みを抱きながらここまで来たのだ。

新吾は横目で友の様子を窺《うかが》った。襷も掛けず袴の股立ちも取らぬきょうの出で立ちは、親の目を盗んで夜鷹見物にきた若侍としか見えまい。

おそらく兵九郎も、何かにぶちかましておのれを消してしまいたかったのだろう。さりとて官兵に斬りかかる度胸はなく、腹を切る理由もなく、夜鷹狩を勇壮な御鷹狩になぞらえでもするほかはなかった。

だが、人を四人《よったり》も殺め、みずからは死にもせず叱られも咎められもせず、十日が過ぎてしまった。しかも夢ではなかったのだと、今この目で確かめた。

ふいに兵九郎が、気弱な口ぶりで呟いた。

「もうおなごは斬りたくないよ。お客を斬ろう」

新吾も武張った口調を忘れて答えた。

「小屋に飛びこんで、男を斬ろう。そのほうが後生がいいや。でも、お客がいるかな。暇そうにしてるけど」

「お客がいなかったら、すぐに腹を切ろうよ」

「そうだな。そうしよう」

書き置きがあるわけではなし、もしそうなったらたぶん妙な死に方ではあるけれど、卯之助が弁明してくれると思う。

「錦切の客がいてくれりゃいいんだけど」

兵九郎は祈るように呟いた。

向こう河岸の番町の空に、やがて満つる十日の月が懸《か》かっていた。公方様が駿府に落ち、錦切どもに乗っ取られても、生まれ育った江戸の町はやさしく美しかった。

この町のどこかに、自分を産んでくれた母が住もうている。そう信じ続けるうちに、江戸の空や風や月や甍が、母そのものに思えてきた。新吾は江戸の町が大好きだった。

群青の空を遮って、黒い着物がのしかかる雲居のように新吾の前に立った。

「お斬りなさいまし」

髪にかけた白手拭を夜風に吹き流しながら、背のすらりと高い女が新吾を見下していた。

「お斬りなさいまし。さあ、どうなすったね。こちとら生きて地獄を見てるんだから、死んで極楽に行ったほうがよっぽどましなんだ」

抗《あらが》う間もなく、新吾は強い力で女の胸元に引き寄せられた。

体の芯が折れてしまった。胸のぬくもりも着物の肌ざわりも甘やかな匂いも、新吾が待ちわびたものにちがいなかった。

見上げれば女の顔は十日の月を背負って、黒い輪郭でしかなかった。女は新吾の前髪に熱い息を吐きかけながら、ぽろぽろと涙を零《こぼ》した。

五郎蔵親分は首を打たれちまったのだろうか。

それを思うと気が気ではないが、御法度の夜鷹の身では安否を確かめるすべもなかった。

親分はけっして無体なピンハネをしていたわけではない。落ちるところまで落ちた女どもが、客を土手下の草むらに引っぱりこんで商いをするのを見るに見かねて、葦簀がけの小屋をこしらえてくれたのは五郎蔵だった。

だから毎月、おつねは夜鷹たちの上がりからいくらかをまとめて、五郎蔵の家に届けるようになった。いわゆる見ヶ〆《みかじめ》を支払っているのではなく、感謝の気持ちである。

夜鷹の客は武家奉公にあぶれた中間《ちゅうげん》や水夫《かこ》や土方と決まっているから、悶着が絶えることはない。客もまたこの時世に、落ちるところまで落ちた男たちなのである。

そのつど尻端折《しりばしょ》りで駆けつけてくれる五郎蔵は、阿漕《あこぎ》な客を脅すでもなく説教をたれ、たいていはてめえのふところから二十四文の代金を投げた。つまりどう考えても見ヶ〆のやくざ者ではない善意の人だった。

ほかに恃《たの》む伝《つて》がないとはいえ、その五郎蔵を大騒動に巻きこんでとうとう命を懸けさせちまったのかと思えば、おつねは居ても立ってもおられず、あの晩からは客を引く気にもなれなくなった。

夜鷹の屍体《おろく》を引き取りにきた子分たちも、親分はお上に文句ばかりつけて煙たがられているから今度ばかりはただではすむめえ、と言っていた。女房子供でもいるのならお上の情もあろうけれど、五十を過ぎての独り身では、それもありえぬ。

御一新からこのかた江戸には食いつめた御家人たちが溢れて、刃傷沙汰が絶えぬらしい。しかし錦切どもに斬りかかるならまだしものこと、委細かまわぬ八つ当たりは許し難かった。

おつねも二の腕に傷を負った。すんでのところで切先をかわしたとき、勢い余って体をぶつけてきたその侍の顔を、おつねははっきりと見た。墨染の頬かむりの額からは前髪が覗いていた。おそらく二度行き会えばそうと指させるくらい、その若侍の顔はよく憶えている。

だが五郎蔵に訊かれたとき、おつねは人相を口にしなかった。いかにつれない神仏でも、まさかそこまでのいたずらはなさるめえとは思うのだけれど、これまでの身の不運を考えれば万が一の何が起きようとふしぎではなかった。

生き別れてからというもの、ひとめ会わせて下さんしと神仏に願をかけ続けてきたのは確かなのだから。

それにしても、あれだけのことをしでかした場所に、もういっぺん立ち戻ってくるとはどういう了簡なのだろう。十日の月に身を晒してぼんやりとこちらを見つめているのは、紛うかたなき下手人の少年たちにちがいなかった。

「さあさあ、筆おろしならあたしに任しときな」

などと、陽気な夜鷹たちは口々にはやし立てた。思わず手にした煙管を取り落として、こごえついたのはおつねひとりだった。

体の半分はとっさに逃げようとしているのに、もう半分の体が強い力で、おつねを若侍に向かって歩み出させた。

「お斬りなさいまし」

刃の届く間合まで歩みこんで、おつねは言った。

「お斬りなさいまし。さあ、どうなすったね。こちとら生きて地獄を見てるんだから、死んで極楽に行ったほうがよっぽどましなんだ」

自分より小さな若侍の顔を、肩ごしの十日の月があかあかと照らし出した。

いつだったか、言わでもの身の上をあかしたとき、五郎蔵親分は貰い泣きをしながら慰めてくれた。

(なに、神さんも仏さんもいねえわけじゃあねえよ。御一新の物入りで、ちょいとお忙しいだけさ)

おつねは若侍を抱きしめた。この子を産んだ体がそう思うのだから、まちがいはない。ようやっと神さん仏さんも、手がすいたのだ。

ひとごろしでも夜鷹でもかまわない。もう二度とこの子を放さない。きっとひとごろしと夜鷹にでもならぬかぎり、かなうことのない願かけだったのだろうとおつねは思った。

「よもや、とは思いまするが」

横あいからふいに声をかけられて、おつねは顔をもたげた。

名のある旗本と見える立派な侍が、呆然と佇む連れの少年をかばうようにして、おつねを見つめていた。

「おまえ様はもしや、檜山孫右衛門とかつてゆかりのお方ではございますまいか」

事情が呑みこめずに、おつねは小さく肯いた。

とたんに、侍の青ざめた顔が毀《こわ》れた。天下の御旗本が気でも触れたかと思うほど、侍は人目も憚《はばか》らずに声を上げて泣き始めたのだった。

「もうその手を放してはなるまいぞ。誰が何と言おうが、その手を放してはなるまいぞ」

侍はそう言うと、けっして野卑な錦切どもには真似のできぬ身のこなしで南天の月に向き合い、月代を晒すように深々とお辞儀をした。

誰だかは知らぬが、この子の幸せを夜ごとの月に願ってくれていた人が、ほかにもいたのだ。

たとえ夜鷹に身を落としても、この美しい江戸を売らずによかったと、おつねはしんそこ思った。

百叩きの笞打《むちうち》が、せいぜい二十かそこいらで終わったのは、打役も数役《かずやく》も遣る気がないからであろう。

一の次は五で、五の次は十五で、十五の次は六十五だった。しかもその少ない笞ですら、尻が痒かった。

「これに懲りまして、金輪際お役人様に手を上げるような不埒《ふらち》はいたしやせん。そんじゃ、ごめんなすって」

形ばかりの口上を述べると、身柄引受《がらうけ》の子分どもが両脇から支えて五郎蔵を立ち上がらせた。

「親分、しっかり歩いちゃなりやせんぜ。傍目《はため》もござんすから、泣きなせえ唸りなせえ」

なるほど、遣る気のない役人の立場もあろうと思い直し、五郎蔵は痛え痛えと唸りながら、子分どもに曳きずられて奉行所を出た。

山下御門を抜けて数寄屋橋のたもとまでくると、そんな芝居もばかばかしくなり、囃し立てながら追うてくる子供らに小遣を投げて、五郎蔵はすたすたと歩き始めた。

霜月の空に雲は低く、凩《こがらし》が身を震わせた。

さて、大の男でもこう寒いのでは、夜鷹どもはさぞつらかろうと思った。かと言って、夜鷹宿に蒲団を敷いたのではうまくない。せいぜい夜更けに粥か汁粉でも届けようかと、五郎蔵は思った。

寺銭の上がりなど知れているが、冬の寒さは相身たがいである。

「親分、おつねが待ってますぜ」

立ち止まってあたりを見渡したが、それらしい姿はない。

「そうじゃあなくって、家で飯を炊いて待ってます」

「なんだと。しゃらくせえことしやあがる。夜鷹の分限で姐《あね》さんを気取りやがるか」

「夜鷹のなんのと、選り好みをなさる齢でもありますめえに」

野郎、と拳を上げかけたとたん鼻がむず痒くなって、五郎蔵は大きな嚔《くさめ》をした。

すっかりくすぶっちまった江戸をこの肩に背負っている俺が、ここで風邪をひいてはなるめえと五郎蔵は思った。

「休息万病《くそくまんびょう》、こん畜生！」

濁《だ》み声《ごえ》は時を告げることも忘れちまった梵鐘《ぼんしょう》よりもよほど行人たちをおののかせて、鈍色《にびいろ》の空を渡って行った。

＊

私の祖父は明治三十年の酉の生まれであり、わずかに記憶する曽祖父という人は明治二年の生まれであった。

つまりこの物語は、その曽祖父の生まれた年の出来事である。

私の家には、「御一新の折には大変な目に遭った」という言い伝えが残るばかりで、その「大変な目」がいったいどういうことだったのかは一切語り継がれてはいない。

しかし今にして思えば、曽祖父はわが家に起こった出来事を、あたかも他人事のようにさりげなく祖父に伝え、祖父もまた他人事と信じて私に語り聞かせていたのではなかろうかとも疑われるのである。

だとすると、そうした話を年寄りの昔語りと思って聞き流していたのは、今さら取り返しようのない歴史の断絶をもたらしたことになる。

話のあらかたは喪われてしまった。たとえばこの物語にしたところで、「若侍が御鷹狩と称して夜な夜な罪もない濠端の夜鷹を殺しに出かけ、しかも御一新のどさくさということで一切のお咎めがなかった」という程度の記憶を、しごく空想的な話に仕立て上げただけである。

だが、読み返してみると、まるで祖宗の霊が私の筆に加担して、空想ではない事実を書き留めさせたような気もしてくる。

はたして悪い記憶は語り継ぐべきなのか、それとも忘れ去るべきなのか、社会にとっても個人の人生にとっても、その判断はまことに難しいところであろう。傷痕と教訓とを冷静に選別できるほど、人間は高等な生き物ではない。

そう思えば、身の不幸をあたかも他人事のごとく語り伝えるという方法は、いかにも明治人らしい巧まざる叡智という気もする。

祖父と暮らした場末のあばら家には、テレビも電話もなかった。おそらく祖父は、そんなふうに時代から取り残されてしまった孫を不憫に思って、昔語りの夜話を聞かせてくれたのであろう。

話が記憶にないのは、私の幼さのせいではなく、祖父が口下手であったせいかもしれない。その寡黙さがもどかしくて、孫がかよう饒舌になったとも思える。祖父は話に詰まると、爪の黝《くろず》んだ、粗く節くれ立った指に火箸を握って、適当な言葉が見つかるまでいつまでも火鉢の灰をかきまぜていた。

その誠実さが、私にはない。

エッセイ　時代小説という福音

一九五一年東京生まれ。

著者紹介の冒頭には定めてそう記される。自著はむろんのこと、短文を寄稿してもインタビュー記事であっても同様である。

若い時分には何とも思わなかったのだが、年を食うほどにつむじが曲がって、ささいなことが気になってならなくなった。いつどこで生まれようが作品の値打ちとは関係なかろう、などと考えてしまうのである。

まさかとは思うが、老人性の鬱病《うつびょう》もしくは認知症の予兆であったら困るので冷静に自己分析を試みたところ、こうした結論に至った。

一九五一年という西暦表記に、いまだなじめぬのである。なるほどこれを「昭和二六年東京生まれ」と書き換えれば、すんなりと腑に落ちる。

そもそも私が子供のころには、西暦表記という習慣がなかった。いや、あるにはあったが元号表記に比べれば副次的なものであった。たしか自分の生年が西暦で言うなら、一九五一年であると知ったのは、小学校の高学年になってからだったと思う。

おそらく一九六四年の東京オリンピック開催をめぐって、世界共通の西暦表記が抬《たい》頭《とう》したのであろう。しかし元号優先の習慣はその後も揺るがず、大人になってからも私はずっと「昭和二六年東京生まれ」であったし、たとえば履歴書などにも西暦を記入したためしはなかった。

表記頻度の逆転は長い昭和の時代が終わって、平成に改元されたとたんであったと思う。グローバリズムの観点からも、歴史の連続性においても、西暦は都合がよかったからである。さらに二〇一九年五月一日の令和改元によって、西暦表記の多用化は決定的となった。

さて、時代短篇集『お腹召しませ』は、幕末から明治初年にかけての、武家社会を舞台にしている。

しかし実は本篇に限らず、長篇短篇にもこだわらず、私の時代小説は例外なくすべてが同じ舞台を使っている。

理由の第一は、嘉永年間から明治初年にかけての二十年間に集約したほうが、史料を集中できるし、なかんずく時代の空気を理解できると考えたからである。

理由の第二は――前述の西暦表記によって私が気付いた、江戸時代と現代との思いがけぬ親密さである。すなわち、明治、大正、昭和という元号の変遷はそれぞれの時代を隔絶しているのだが、西暦表記によってその障壁を取り払ってしまえば、何のことはない私の生まれた一九五一年は、武士の時代からたった八十三年しか経っていなかったのである。ならば国家や社会のかたちは変わっても、小説で描くべき人間はそれほど変わってはいないはずだから、最も近い江戸時代を舞台とすれば、現代の読者も共感しうる時代小説が書けるはずだと思った。

かくして、思いがけずに近かった江戸時代を書くために、私の小説の設定はすべて幕末となった。ずいぶん意固地な話ではあるけれど。

それにしても、現代社会を舞台にした小説の、何と書きづらくなったことか。

たとえば、携帯電話機や各種通信ツールの普及によって「すれちがい」という悲劇がなくなっただけでも、小説の重要な展開が確実に喪われたことになる。

あるいは科学全般の加速度的な進歩によって、物語中の記述がたちまち古いものになってしまう。また、社会倫理や個人の道徳観もめまぐるしく変化していくので、数年後には古臭いどころか不適切な表現として譏《そし》りを受けかねぬ。

よって、小説の単行本をゆくゆくは文庫化し、さらに版を重ねて多くの読者を獲得しようと思えば、タイムリーな現代社会の舞台設定は、その内容が「現代的」であればあるほど危険を伴うことになる。

ＩＴ社会における出版業界のありかたが不安視されている昨今、実は小説を生産する作家にもこうした知られざる危機が迫っているのである。

しかし、こと時代小説に限ってはこの苦悩を免れている。そもそも古い話であるから、世の中がいかように変化しようと古くなりようがない。

携帯電話機を持たぬ宮本武蔵とおつうは、すれちがい続けるのである。赤穂浪士《あこうろうし》の復讐は美談とされ、新選組は令状なしに池田屋に踏み込んで、テロリスト一味を片っ端から殺してもよいのである。

そして人々は、時計すら持たずに太陽の纏度《てんど》のみを目安として、喜怒哀楽こもごもに、悠然と暮らしている。

私が生まれるたった八十三年前、今日から算えればわずか百五十余年前には、そうした時間が流れていた。人間はどこも変わっていないはずなのに。
書く人にも読む人にも安息を与える、時代小説はこのあわただしくせちがらい世の中に生きる私たちへの、大いなる福音《ふくいん》であろうと思う。

（令和二年　七月）

新装版解説――「人間らしく生きる」ということ

橋本五郎

読売新聞の読書委員となり、新聞紙上で書評を書き始めてから二十二年になります。新聞における書評とは何か。一貫して言い続けてきたのは、「けなす書評」は要《い》らないということです。おびただしい出版物の中から毎週厳選して紹介するのですから、専門家ではないごく普通の読者のみなさんに、読んだらお得ですよと勧められるものだけにすべきなのです。その結果、私の好みということもあって、同じ作家の作品を何度も取り上げることになりました。そこには取り上げようとする側に、紹介せずにはいられない「パッション（情熱）」がなければなりません。

繰り返し取り上げた作家は、『破獄』や『死顔』の吉村昭《よしむらあきら》であり、『約束の冬』や『睡蓮《すいれん》の長いまどろみ』の宮本輝《みやもとてる》であり、『見えない貌』や『量刑』の夏樹静子《なつきしずこ》であり、『遍路みち』や『紅梅』の津村節子《つむらせつこ》でした。そして、われらが浅田次郎《あさだじろう》もそうでした。

読売新聞の書評には「一年ルール」というものがあります。同じ作家の本は、一年一冊に限るというものです。できるだけ多くの人にご登場願おうという考えからです。

そういう中で、浅田さんについて私は、本書『お腹召しませ』をはじめ『五郎治殿御始末《ごろうじどのおしまつ》』、『一路』（いずれも中公文庫）、『大名倒産』（文藝春秋）、『流人道中記』（中央公論新社）を書評しました。書評せずにいられなかったからです。

おいしい和菓子を玉露でいただこうとするときにあれこれ言われると、おいしさが半減します。同じように極上の小説についてとやかく講釈するのは野暮《やぼ》というものです。それを承知の上で務めは果たさなければなりません。それでは「浅田ワールド」を貫いているもの、その魅力、特徴とは何でしょうか。

第一は、長い歴史を重ねてあたりまえになっている「制度」や支配的な「観念」への根本的な不信です。『一路』における大名、旗本制度もそうです。「元和偃武《げんなえんぶ》以来、二百五十余年もの太平が続けば、屋上に屋を架すような制度が積もりかさんでわけがわからぬ」ことになるのです。その最たるものが参勤交代です。この矛盾せる存在に果敢に挑んだのが『一路』なのです。

徳川太平の世にあって、その裏では「腐蝕《ふしょく》」は限りなく進みます。『大名倒産』の越後丹生山松平《えちごにぶやままつだいら》家は、わずか三万石なのに、二百六十年もの長きにわたって積もり積もった借財は何と二十五万両。収入は年一万両なのに利息だけで三万両に達しているのです。この主題は『お腹召しませ』にも貫かれていますので、あとで述べることにします。

魅力の第二は、時代錯誤や理不尽さに翻弄されながらも、必死に抗おうとした人たちが描かれていることです。それはあたかも「蟷螂《とうろう》の斧」の如《ごと》きものではありますが、そこには人間としての「矜持《きょうじ》」があるのです。不義密通の冤罪《えんざい》で蝦夷地《えぞち》に流される『流人道中記』の青山玄蕃《あおやまげんば》もそうです。切腹は「痛えからいやだ」と断ります。切腹を拒むのであれば死罪、すなわち斬首しかありませんが、新番組士《しんばんくみし》という身分がそれを許しません。玄蕃はそれを逆手に取ったのです。幕府は流刑にするしかありませんでした。それにしても玄蕃はなぜ積極的に冤罪を晴らそうとしなかったのか。冤罪を引き受けてまで訴えたいことがあったのです。武士の本分とは何か。なぜ武士は武士であることを許されるのか。玄蕃は武士の存在自体が理不尽だと思います。その理不尽と罪を背負って生きようと決めるのです。

『大名倒産』では、青天の霹靂《へきれき》のごとく藩主にさせられた四男が、だれが考えても不可能な難事に、ひたすら正攻法で、誠実に立ち向かいます。老中から言われた「領国経営」の要《かなめ》である節倹、収税の正確な実行、そして殖産興業《しょくさんこうぎょう》に着手します。それが国家老や豪農、天下の豪商さえも動かします。ここには浅田さんの「蟷螂の夢」が込められています。

魅力の第三は、流行の軽薄さを嫌い、不易の大切さを指摘してやまないことです。過去を愛おしみ、慈しむ心です。時代が革命的に変化し、価値観が一八〇度転換したとき、人はどう対応するのか。維新後まもない明治を舞台にした『五郎治殿御始末』の六つの作品は、敗者の矜持、失われたものへの限りない哀惜《あいせき》、そして「精神の気高さ」などが弊履《へいり》の如く捨て去られる現代への痛烈な批判があります。「椿寺まで」の小兵衛《こへえ》についての寺男の言葉は胸を打ちます。「男ってえのは、耐えるだけ耐えたそのしめえにァ、真赤な血の涙を流すものなんです」。「五郎治殿御始末」は藩を始末し、孫の始末をし、自分の始末までした男の物語ですが、もう一人の主人公がいます。「この尾張屋忠兵衛《おわりやちゅうべえ》は武士ではないが、人間でござります。男でござります」。激変のなかでも恩義を忘れず、こう腹の底から叫ぶことのできる、人の命を心から愛おしむ商人がいたのです。

「浅田手練れ」作品の大きな特徴は、時代への「怒り」と「ユーモア」が糾《あざな》える縄の如く織り成し、たまらなく愉快にさせてくれることです。「五郎治殿御始末」で、岩《いわ》井五郎治《いごろうじ》は西南戦争旧藩主の馬前で討ち死し、孫のもとに油紙に包まれた遺品が届けられます。それは何と祖父の禿頭《とくとう》にいつもちょこんと載っていた付け髷《まげ》でした。「あの爺様はの、みなに笑うてほしかったのだ。嘆きをことごとく、笑い声で被ってほしかったのだ。そしてもうひとつ――侍の理屈は、一筋の付け髷に如《し》かぬと、わしに悟してくれたのであろうよ。侍の時代など忘れて、新しき世を生きよ、とな」

長い「前書き」になってしまいましたが、本書『お腹召しませ』は、これまで挙げた浅田ワールドの特徴のすべてを備えています。表題作「お腹召しませ」では、四十五歳の江戸詰藩士、高津又兵衛《たかつまたべえ》が三百石の旗本の家から婿をもらい、願ってもない良縁と喜びました。ところが、婿の与十郎はこともあろうに藩の公金に手を付け、女郎を身請けして逐電してしまいました。責任をとって切腹すれば、幼い孫を跡継ぎにして家は残ると重臣の留守居役に言われ、又兵衛は苦悩します。

二十五年も連れ添った妻、玉を磨《みが》くが如く育てた一人娘。悲しむだろうと思いきや、いささかの動揺も見せません。口をそろえて「お腹召しませ」と言います。「父上もせいぜい生きて五十年。五年早うに身罷られると思えば、むしろ死に処《しどころ》を得たと申せましょう」と、実に手際よく切腹の準備を進めるのです。妻子の手で死装束を着せられ、死地に赴く直前に、又兵衛に去来するものがありました。物語は意外な展開をします。それにしても何たる非情さ、何たる理不尽。命を担保に家の存続を保証するという旧弊、その前には紙の如く薄い家族の情愛。「男の悲哀」とともに、そもそも「人間らしさ」とは何なのか。舞台は徳川封建時代です。決して今の価値基準で裁断するわけではありません。でも、われわれを取り巻く今の状況そのものを活写しているように思えるところにリアリティーがあります。

「大手《おおて》三《さん》之《の》御門《ごもん》御《お》与力《よりき》様《さま》失踪《しっそう》事件《じけん》之《の》顛末《てんまつ》」は、由緒正しき鉄砲隊の与力横山四郎次郎《よこやましろうじろう》が、勤番中に煙のように消えてしまうという話です。なぜ「神隠し」のように消えてしまったのか。男には、いっとき「神隠し」に遇ってまで果たさなければならないものがあるのです。窮《きゅう》すれば通じです。「神隠し」という理屈では説明できない摩訶不《まかふ》思議《しぎ》の世界を呼び寄せることで、丸く収まるのです。携帯、スマホなどという文明の利器でどこにいようが見つかってしまうこのご時世、「不在の自由」はすっかり失われてしまいました。自由という名の青い鳥は、「神隠し」という「心の聖域」にしか存在しないのかもしれません。「神隠し」という小道具を使って現代批判を展開するというのも「手練れ」ならではの巧みさと言えましょう。

「人間らしさ」とは何かについて、もっとも考えさせられるのが「女敵討《めがたきうち》」です。不貞の妻を成敗し、かつ女敵討をなすは道徳上の義務であるとともに、「公事方《くじかた》御定《おさだめ》書《がき》」による夫の権利でもあるといわれていました。出入りの番頭と不義におよんだ妻ちかをどうするか。夫貞次郎《さだじろう》は二人が一緒の現場に踏み込みました。しかし、斬れませんでした。「やはりおまえを斬ることはできぬ。おまえの好いた男も斬れぬ。夜の明けぬうちに去ね。屋敷にある金はすべて持って出よ」「人の命より家の命のほうが重かろうはずはあるまい」と言うのです。

そして著者は思うのです。ちか女は狭義でいうところの不貞を働いたが、「貞」の本来の意味、すなわち「神意にかなうほどの真実」ということからすれば、実は「貞女」だったのかもしれない。これは「人間宣言」とでもいうべきものです。子ができないため離縁されそうになったちか女を貞次郎はかばいました。父母にこう叫んだ貞次郎は男の鏡です。

「ちかは吉岡の嫁である前に、貞次郎が妻にござりまする。（中略）ちかは犬猫ではござりませぬ。勝手に拾うて勝手に捨つるなど、よしんばいかなる大罪を犯したにせよ、人の道にはずれましょう。いわんや子を作《な》せぬは天の配剤にして、ちかの罪ではございませぬ。それを罪と申されるのであれば、夫たる貞次郎も同罪にございます。勘当してともにこの屋敷から放逐なされませ」

こうして本文庫『お腹召しませ』の三編を見ただけでも、私が考える「浅田ワールド」の魅力をことごとく備えていることがわかります。浅田次郎は、時代小説という名を借りて、徹底した現代批判を展開しているのです。

（はしもと・ごろう　読売新聞特別編集委員）

初出

お腹召しませ　『中央公論』二〇〇三年一〇月号
大手三之御門御与力様失踪事件之顚末　『中央公論』二〇〇四年四月
安藝守様御難事　『中央公論』二〇〇四年九月号
女敵討　『中央公論』二〇〇五年九月号
江戸残念考　『中央公論』二〇〇四年一二月号
御鷹狩　『中央公論』二〇〇五年一二月号

本書は『お腹召しませ』（二〇〇八年九月刊、中公文庫）を新装・改版したものです。

中公文庫

新装版《しんそうばん》
お腹《はら》召《め》しませ

2008年9月25日　初版発行
2020年8月25日　改版発行
2023年7月30日　改版5刷発行

著　者　浅《あさ》田《だ》次《じ》郎《ろう》

発行者　安部順一

発行所　中央公論新社
〒100-8152　東京都千代田区大手町1-7-1
電話　販売　03-5299-1730　編集　03-5299-1890
URL https://www.chuko.co.jp/

DTP　ハンズ・ミケ
印　刷　大日本印刷（本文）
三晃印刷（カバー）
製　本　大日本印刷

Published by CHUOKORON-SHINSHA, INC.
Printed in Japan　ISBN978-4-12-206916-9 C1193

中公文庫既刊より

各書目の下段の数字はＩＳＢＮコードです。978－4－12が省略してあります。

あ-59-4
一路（上）　浅田次郎
父の死により江戸から国元に帰参した小野寺一路は、参勤道中御供頭のお役目を仰せつかる。家伝の行軍録を唯一の手がかりに、いざ江戸見参の道中へ！
206100-2

あ-59-5
一路（下）　浅田次郎
蒔坂左京大夫一行の前に、中山道の難所、御家乗っ取りの企てなど難題が降りかかる。果たして、行列は期日通りに江戸へ到着できるのか——。〈解説〉檀　ふみ
206101-9

あ-59-6
浅田次郎と歩く中山道　『一路』の舞台をたずねて　浅田次郎
中山道の古き良き街道風景や旅籠の情緒、豊かな食文化などを時代小説『一路』の世界とともに紹介します。いざ、浅田次郎を唸らせた中山道の旅へ！
206138-5

あ-59-8
新装版　五郎治殿御始末　浅田次郎
武士という職業が消えた明治維新期、行き場を失った老武士が下した、己の身の始末とは。表題作ほか全六篇に書き下ろしエッセイを収録。〈解説〉磯田道史
207054-7

あ-59-9
流人道中記（上）　浅田次郎
「痛えからいやだ」と切腹を拒み、蝦夷へ流罪となった旗本・青山玄蕃。ろくでなしであるはずのこの男には、弱き者を決して見捨てぬ心意気があった。
207315-9

あ-59-10
流人道中記（下）　浅田次郎
奥州街道を北へと歩む流人・玄蕃と押送人・乙次郎。旅路の果てで語られる玄蕃の罪の真実。武士の鑑である男はなぜ、恥を晒してまで生きたのか？〈解説〉杏
207316-6

あ-83-1
闇医者おゑん秘録帖　あさのあつこ
「闇医者」おゑんが住む、竹林のしもた屋。江戸の女たちにとって、そこは最後の駆け込み寺だった——。女たちの再生の物語。〈解説〉吉田伸子
206202-3